KB220730

재즈의 도시

재즈의 도시

김소리

경험들

piper
press

목차

① 가장 빠르게 변하는 도시에서, ——————— 9
   단 하나 변하지 않는 것

뉴욕의 주제가, 재즈

같은 곡, 수많은 버전

버드랜드: 화려한 재즈의 전설이 된 클럽

베니 그린: 탄탄한 기본기 위에 쌓인 견고한 피아노의 성

베니 그린 플레이리스트

② 음악으로 대화를 주고받을 수 있다면 ——————— 23

언어로부터 자유로워지다

바로 따라할 수 있는 즉흥 연주의 구조

블루노트: 재즈를 상징하는 브랜드

존 스코필드, 데이브 홀랜드 듀오: 기타와 베이스로 나누는
   편안한 대화

존 스코필드, 데이브 홀랜드 플레이리스트

③ 이것은 재즈인가, 아닌가 ——————— 35

전통이란 무엇일까

재즈와 팝

디지즈 클럽: 재즈의 새로운 스타일을 만나다

켈리 그린과 블로섬 디어리: 귀여운 재즈도 있다

켈리 그린, 블로섬 디어리 플레이리스트

④ 무해한 음악에 저항 정신을 담았을 때 ─────── 47

연주를 준비할 때, 빠지지 않는 장르

브라질, 미국을 넘어 세계로 향한 '새로운 바람'

밀러 씨어터: 고풍스런 현대 예술의 리더

편안하면서도 뜨거운 에너지

보사노바 플레이리스트

⑤ 당신은 스윙을 갖고 있나요 ────────────── 59

재즈를 공부할 때, 가장 어려운 한 가지

스윙의 시대

아펠룸 '저니 스루 재즈': 살아있는 재즈 위키피디아

We Got Swing

스윙 플레이리스트

⑥ 재즈의 낭만적인 분위기를 좋아하세요? ────── 69

라라랜드: 재즈를 사랑하는 사람들의 재즈 이야기

재즈를 이해했을까? 악용했을까?

클럽 장고: 트렌디하고 힙한 재즈 바

영화와 재즈 플레이리스트

⑦ 뉴욕의 재즈를 느끼려면 할렘으로 가라 ────── 81

할렘 르네상스

국립 재즈 박물관: 작지만 빼놓을 수 없는 재즈 명소

실비아, 레드 루스터: 할렘의 소울을 담은 식당들

할렘을 주제로 한 음악들

⑧ 음악에도 차별이 있다 ─────────── 89

재즈 하는 뉴욕의 한국인

메즈로우: 로맨틱한 로컬 재즈 클럽

박소영: 희망과 사랑이 담긴 피아노

유하영: 디테일과 세밀한 다이나믹

김수경: 클래식하면서도 현대적인, 기분 좋은 기대감

소은하: 자신감 넘치는 당당함

한국의 여성 재즈 피아니스트 플레이리스트

⑨ 문화와 스타일이 만났을 때 ─────────── 101

로파이: 낡은 듯한 저음질 사운드

마일스 데이비스가 사랑한 힙합

스트레스 없는 음악과 노동요 문화

세인트 튜즈데이: 대화에 집중하면서 즐기는 라이브 재즈

재즈 힙합 플레이리스트

⑩ 우리는 어디까지 자유로울 수 있을까 ─────────── 113

프리재즈라는 경지

프리재즈를 감상하는 세 가지 방법

브래드 멜다우: 살아있는 전설이 향하는 길

스모크: 바에 앉아서 듣는 라이브 공연

브래드 멜다우 플레이리스트

⑪ 그루브를 만드는 방법 ──────────── 125

펑크, 그루브, 자유로움

악기들의 호흡과 대화

빌리지 뱅가드: 재즈의 역사가 쓰인 곳

크리스천 맥브라이드: 뮤지션의 뮤지션

재즈펑크, 크리스천 맥브라이드 트리오 플레이리스트

⑫ 자유 속에서 탄생하는 새로운 문화의 설렘 ───── 135

영국의 클럽에서 온 음악, 애시드 재즈

재즈가 아니어도 괜찮아

셀라 독: 새로운 문화가 시작되는 자유로운 공간

애시드 재즈 플레이리스트

⑬ 퀸즈에서 루이 암스트롱을 만나다 ──────── 147

퀸즈를 놓치지 마세요

우리 암스트롱의 집에서

루이 암스트롱 플레이리스트

에필로그. 인생은 재즈와 많이 닮았다   156

가장 빠르게 변하는 도시에서,
단 하나 변하지 않는 것

뉴욕의 주제가, 재즈

저는 약 10년 전에 처음 뉴욕에 왔어요. 뉴욕에 있는 재즈 스쿨에 입학하게 되면서였죠. 태어나서 단 한 번도 미국이라는 나라에 와본 적 없던 제가 하루아침에 미국의 중심 뉴욕에서 살게 됐어요. 그렇게 매력이 넘치는 (또 한편으로는 애증이 가득한) 뉴욕과 인연이 닿아 지금까지 한국과 미국 뉴욕을 오가고 있습니다. 뉴욕은 저에게 20대의 추억으로 가득한 곳이 되었습니다.

이 도시에선 그동안 참 많은 게 바뀌었어요. 뉴욕은 정신없이 달라지는 곳이에요. 좋아했던 식당은 없어지고, 새로운 관광지도 많이 생겼죠. 지하철 요금은 눈에 띄게 올랐어요.

그런 뉴욕에서 변하지 않는 것이 하나 있습니다. 언제나 이 도시를 가득 채우는 재즈 음악이에요.

거리를 걷다 보면 항상 재즈가 들려요. 젊은 재즈 아티스트들은 꿈을 가지고 뉴욕으로 오고 있죠. 전통 있는 재즈 클럽들은 아직도 많은 뮤지션들이 언젠가는 이름을 올리고 싶은 꿈의 무대로 자리 잡고 있어요. 재즈는 뉴욕의 주제가라고 할 수 있어요.

이 도시에서 제가 배우고 느낀 재즈와 재즈 클럽 이야기들을 들려 드리려고 해요. 뉴욕은 시시각각 변하지만 재즈는 변하지 않으니까요. 특히 재즈 클럽들은 여행의 이정표가 되어 줄 만큼, 뉴욕의 곳곳에 오랫동안 자리 잡고 있어요.

낯선 곳으로 여행을 떠났을 때, 중요한 건 맥락을 보는 시야인 것 같아요. 알고 보면 지루하기만 했던 풍경이 완전히 달라 보이기도 하니까요. 뉴욕의 재즈 클럽도 마찬가지일 거예요. 재즈의 매력, 클럽의 역사, 아티스트의 특징 등을 조금만 알고 보셔도 재즈와 뉴욕에 더 깊이 빠져드실 거라고 생각해요.

먼저 재즈의 핵심이라고 할 수 있는 즉흥성과 타임스퀘어에 위치한 역사적인 재즈클럽 '버드랜드', 제가 좋아하는 재즈피아니스트 베니 그린Benny Green의 음악을 소개해 보겠습니다. 마지막에는 오늘 소개한 아티스트의 음악이 담긴 플레이리스트도 공유해 드릴게요. 좋은 음악은 같이 들을수록 더 좋으니까요!

같은 곡, 수많은 버전

재즈의 역사는 약 100년이에요. 1900년대 초반, 미국 중남부 뉴올리언스 지역의 아프리카계 미국인들 사이에서 시작됐죠. 우리나라에서는 여전히 생소한 음악 장르이지만, 최근에는 '재즈'라는 단어가 각종 미디어와 SNS 채널에 자주 등장하고 있어요. 다양한 재즈 페스티벌이 열리고, 서울뿐 아니라 많은 도시에 특색 있는 재즈클럽들도 생기고 있습니다. 인터넷에선 가수 선우정아와 비비를 '인간 재즈'라고 부르기도 하더라고요.

음악을 공부하는 전공자로서 조금 안타까운 점은 여전

재즈 클럽 버드랜드의 무대

히 많은 분들이 재즈를 '어렵다'고 느낀다는 거예요. 재즈를 어렵게 느끼는 가장 큰 이유는 자주 접하지 못해서인 것 같아요. 어렸을 때부터 다양한 형태의 재즈 음악을 듣고 학교에서 재즈 콰이어, 빅밴드를 자연스럽게 접하는 미국과는 분명히 다른 환경이니까요.

물론 재즈는 음악의 한 갈래라기보다는 일종의 문화이기 때문에 한 줄로 단순하게 설명하기란 쉽지 않아요. 문화라는 점을 이해하면서 좀 더 자세히 알아봐요.

이 문화의 출발점은 콩고 스퀘어$^{Congo Square}$라는 역사적인 장소입니다. 언젠가 제가 꼭 가보고 싶은 뉴올리언스에 있는 광장이에요. 과거 플랜테이션(대규모 농업)에 종사하던 아프리카계 흑인들은 일주일에 한번 콩고 스퀘어에 모여 고된 노동과 노예 생활의 설움을 달래곤 했었는데요. 이 주말 모임에서 연주된 음악이 재즈 탄생의 초석이 되었어요. 안타깝게도 이때의 녹음은 거의 남아 있지 않아요. 이 음악을 천하게 여겼던 당시 미국 사회의 분위기 때문이기도 해요.

고향과 가족을 떠나 타지에서 힘든 노동을 하던 그들의 한, 외로움, 억압. 이러한 문화적 배경에서 시작되었기 때문에 재즈가 어렵다고 느끼시는 것 아닐까 생각해요. 그렇지만 재즈는 생각처럼 어려운 장르가 아니랍니다! 재즈가 갖는 특유의 즉흥성만 이해하면 이 장르의 아이덴티티를 정확하게 알 수 있습니다.

즉흥성을 이야기하려면 꼭 필요한 개념이 '재즈 스탠더

드'입니다. 재즈 스탠더드는 재즈가 처음 형성되던 1900년대 초반부터 지금까지 전달되어 내려오는 수많은 고전 악보라고 생각하시면 좋아요. 오랜 시간 수많은 뮤지션들에 의해 악보가 베껴지고 전달되고 연주된 만큼 작곡자가 미상未詳인 경우도 있어요.

　대표적인 재즈 스탠더드「Misty」를 예로 살펴볼까요. 이 곡은 1954년 피아니스트 에롤 가너Erroll Garner가 최초로 작곡, 녹음했습니다. 평소에 재즈를 많이 들으신 분들 가운데는「Misty」를 엘라 피츠제럴드Ella Fitzgerald가 부른 노래라고 생각하는 분도 계실 거예요. 하지만 여러분이 알고 계신 그 곡은 수많은「Misty」중 하나의 버전입니다. 같은 곡이지만 사라 본Sarah Vaughan이 부른 버전, 조니 마티스Johnny Mathis가 부른 버전도 있죠.

　즉흥성은 바로 이런 다양한 버전에서 나타납니다. 과거부터 현재까지 수많은 재즈 뮤지션들이 재즈 스탠더드의 틀과 뼈대는 그대로 유지하면서, 자신들만의 재해석을 통해 형식, 리듬, 즉흥 연주에서 변화를 줬어요. 하나의 음악에서 서로 다른 다양한 버전이 탄생할 수 있는 거죠. 단순하게 생각할 때, '이것은 표절 아닌가?'하는 의문이 들 수도 있어요. 하지만 재즈에서는 이 모든 것이 허용됩니다.

　이것이 바로 재즈가 다른 음악 장르와 구분되는 큰 특징, 즉흥성이에요. 100년의 역사 속에서 변하지 않은 채 재즈의 견고한 중심이 되었던 즉흥성. 이제 감이 오시나요?

버드랜드: 화려한 재즈의 전설이 된 클럽

재즈의 즉흥성을 이해하셨다면, 이제 맨해튼 미드타운의 재즈 클럽 버드랜드로 함께 가봐요!

버드랜드는 1949년 12월에 오픈한 클럽입니다. 전설적인 재즈 아티스트들이 이곳에서 공연을 해왔어요. 재즈 스탠다드 「럴라바이 오브 버드랜드Lullaby of Birdland」에 등장하는 버드랜드가 바로 이 클럽이에요. 색소폰 연주자이자 작곡가인 찰리 파커의 별명이 '버드bird' 또는 '야드버드yardbird'였는데 이 이름을 따왔죠.

사실 오늘 소개 드리는 버드랜드는 최초의 버드랜드는 아니에요. 최초의 버드랜드는 지금의 장소와 가까운 곳에 있었는데, 1949년부터 1965년까지 운영됐어요. 재즈의 전성기에 매일 새벽까지 이어지는 화려하지만 음악적인 공연으로 인기를 끌었죠. 당시에 알려진 재즈 뮤지션이라면 당연히 연주해야 했던 유일한 장소였어요. 찰리 파커Charlie Parker, 디지 길레스피Dizzy Gillespie, 버드 파월Bud Powell, 마일스 데이비스Miles Davis, 델로니어스 몽크Thelonious Monk, 존 콜트레인John Coltrane, 아트 테이텀Art Tatum, 소니 롤린스Sonny Rollins 등 이곳에서 공연을 한 전설적인 아티스트만 나열해도 이 페이지를 꽉 채울 수 있을 것 같아요.

클럽이 문을 열고 5년 만에 150만 명이 다녀갔을 정도로 인기가 대단했죠. 재즈 음악의 역사가 쓰인 장소이기도 해요 1950년대 카운트 베이시Count Basie와 오케스트라가 바로

재즈 클럽 버드랜드

이 클럽에서 라이브 음반을 녹음했습니다. 라디오 쇼가 생중계되기도 했고요.

버드랜드는 늘 새로운 밴드가 탄생하고 뮤지션들이 모여 네트워킹을 하던 공간이었어요. 하지만 16년 뒤, 경영난으로 문을 닫았어요. 지금의 버드랜드는 1986년 이곳의 이름을 따 새롭게 문을 연 클럽이에요.

뉴욕에 아주 짧은 여행을 오시더라도 반드시 방문하는 장소, 타임스퀘어에 있어서 쉽게 찾으실 수 있을 거예요. 몇 개의 노선을 제외하고는 대부분의 지하철이 타임스퀘어를 지나가기 때문에 교통이 편리한 위치입니다. 혹시 뉴욕을 여행하다 저녁에 숙소로 돌아가기 아쉽다면, 밤의 타임스퀘어를 살짝 둘러보시고 버드랜드에서 재즈를 즐기는 것도 좋을 것 같아요.

버드랜드로 들어가면 1층에 서 있는 직원이 입장을 도와줍니다. 1층과 지하 1층이 있는데요. 소규모 공연은 보통 지하에서 해요. 내부의 분위기는 생각보다 아주 깔끔하고 정갈합니다. 작은 원형 테이블들이 무대를 바라보며 붙어 있고 뒤편에는 바 자리도 있어요. 온라인으로 예약을 할 수 있고, 워크인으로 방문하셔도 자리를 고르실 수 있을 거예요.

바 시팅bar seating과 테이블 시팅table seating 중 하나를 선택하시면 되는데요. 저는 그때 그때 다르게 골라요. 솔로 아티스트의 피아노 보이싱과 터치가 보고 싶을 땐 테이블 가까이 앉아서 보고요. 밴드 공연은 전반적으로 넓게 보고 싶어

베니 그린

경험들 6 - 재즈의 도시

서 뒤쪽의 바를 선호하는 편이에요.

학생이라면 온라인 예약은 하지 않으시는 게 좋아요. 클럽 앞에서 학생 할인이 가능한지 한 번 물어보세요. 웹사이트에는 주중 마지막 세트(공연)는 50% 현장 할인이 가능하다고 쓰여 있는데, 직접 가서 이야기를 해보니 꼭 주중이 아니더라도, 마지막 공연이 아니더라도, 학생이라면 할인을 유연하게 적용해주더라고요.

티켓 가격 외에 한 명당 음료 또는 음식을 20달러 이상 구입해야 하는 커버 차지가 있어요. 기억해두시면 재즈클럽에서 당황하지 않으실 거예요. 저는 친구와 저녁을 먹고 가서 와인 한 병을 시켰어요.

베니 그린: 탄탄한 기본기 위에 쌓아올린
견고한 피아노의 성

이날은 제가 좋아하는 피아니스트 베니 그린Benny Green을 만나러 갔어요. 아주 오래전, 뉴욕에 온 지 얼마 되지 않았을 때 베니 그린의 공연을 재즈클럽에서 우연히 봤는데요. 그때 이후로 굉장한 팬이 됐어요.

다른 악기 없이 피아노 솔로로 자주 연주하는 아티스트입니다. 저는 개인적으로 재즈 피아니스트의 솔로 공연이 대단하다고 생각해요. 피아노 하나로 한 곡을 빈틈없이 채우는 연주를 실제로 보면 너무 경이롭더라고요.

베니 그린은 빠르고 강한 터치로 연주하는 비밥 스타일

을 잘 보여주면서도 중간 중간 부드럽고 섬세한 연주도 잘해요. 탄탄한 기본기의 초석 위로 올린 견고한 성을 보는 느낌이 들죠. 유튜브나 스트리밍 서비스로 음악을 들을 때와는 확실히 다른 감동이 있어요.

베니 그린의 MBTI는 I로 시작하지 않을까 생각해요. 수려하게 말을 늘어놓는 유쾌한 아티스트들도 참 많은데, 베니 그린은 말수가 적고 필요한 곡 설명만 간단히 바로 하는 편이에요. 놀라운 것은 베니 그린의 순간 집중력이에요. 일반적으로 곡을 시작하기 전 마음을 가다듬으며 마치 기를 모으듯이 집중력을 끌어모으는 피아니스트들의 모습이 제 머릿속에 고정 관념처럼 자리 잡아 있는데요. 베니 그린은 놀라울 정도로 짧은 곡 소개가 끝나기 무섭게 바로 피아노로 양손이 돌진해요. '아, 이 사람 진짜 연습 벌레구나.' 연습을 많이 한다는 게 피부로 와닿아요.

그의 즉흥 연주는 적은 말수와는 정반대예요. 즉흥 연주로 치면, '투 머치 토커'일지도! 헤비하면서도 디테일이 있는데, 생각보다 남자다운 느낌이 훅 들어오고, 그러면서도 착 감기는 깔끔하고 정돈된 즉흥 연주가 멋있어요. 이번 공연을 같이 보러간 친구는 원래 클래식을 좋아하는 친구인데요. 제가 베니 그린 공연을 추천했더니, 유튜브로 한 곡 듣고는 '나, 보러 갈래!' 바로 이야기하는 것 있죠! 그만큼 실력도 출중하지만 대중성까지 겸비한, 과찬을 늘어놓아도 될 아티스트라고 감히 생각해요.

이번에는 공연이 끝나고 베니 그린과 잠깐 이야기를 나눌 기회가 있었어요. "내가 예전에 공연을 봤는데"하고 인사를 했더니 웃으면서 너를 기억하지 못해서 미안하다고 이름을 물어보셨어요. 그리고 저랑 친구가 공연 중에 계속 웃으면서 긍정적인 바이브를 줘서 고맙다고 인사도 해주셔서, 좋은 음악에 제가 더 감사하다고 답했어요. 베니 그린은 다정하고, 또 겸손한 아티스트구나 다시 한번 생각했답니다.

연습으로 다져진 기본기에 디테일이 살아 있는 즉흥 연주, 저의 사심이 가득 담긴 베니 그린의 플레이리스트를 들어 보세요.

- 베니 그린 플레이리스트

- 클럽 버드랜드
315 W 44th St #5402, New York, NY 10036
birdlandjazz.com

음악으로 대화를
주고받을 수 있다면

언어로부터 자유로워지다

저는 학부를 졸업하자마자 곧바로 뉴욕의 재즈 스쿨에 입학했어요. 어학 연수를 조금이라도 하고 입학했다면 좋았겠지만, 시간도 촉박하고 비용도 만만치 않았기에 학부 졸업식도 참석하지 못하고 정신없이 뉴욕 생활을 시작했습니다.

당연히 언어의 장벽에 부딪히게 되었죠. 언어는 입학할 때부터 졸업할 때까지 저를 지치고 힘들게 했어요. 지난 10년 동안 미국과 한국을 오가면서 영어 실력이 많이 늘었는데도 여전히 쉽지 않아요. 성인이 되어 미국에 와서 그런지 영어는 이따금 저를 너무 작아지게 만들어요. 재즈 스쿨 생활을 돌아보면 즐거운 추억도 많지만 언어의 장벽 때문에 어렵고 힘들었던 기억도 많은 것 같아요.

저는 재즈 보컬 전공인데요. 갑자기 다른 언어로 노래를 부르는 것부터 어려웠어요. 가사도 헷갈리고, 멜로디도 헷갈리고…. 같은 양의 숙제를 받아도 다른 친구들에 비해 너무나도 많은 시간과 노력을 투자해야 했어요. 따라가는 것만으로도 힘들었죠. 어떤 날은 개인 레슨 시간에 'would' 하나를 제대로 발음하지 못해 교수님과 30분 동안 발음 연습만 한 적도 있었어요. 지금 생각해보면 추억이지만, 교수님께 너무 죄송하고 감사했어요. 외국인 학생을 붙잡고 발음 연습까지 시켜주시다니요!

하지만 재즈의 장점은 저처럼 네이티브 스피커가 아닌 사람도 즐길 수 있는 '즉흥 연주'가 있다는 것이죠. 저는 학교를 다닐 때도 즉흥 연주 수업을 좋아했고, 지금도 즉흥 연주를 좋아해요. 언어에 대한 두려움과 부담감을 내려놓고 온전히 음악에 집중해서 나 자신이 악기가 되어서 노래를 할 수 있었죠. 외국인 유학생임을 잊고 언어로부터 자유로워지는, 말로는 설명하기 힘든 감동이 있는 것 같아요.

재즈의 아이덴티티는 즉흥성이에요. 즉흥성을 극대화하는 최고의 표현 도구인 즉흥 연주는 재즈의 꽃이라고 불리기도 해요. 미국에서는 즉흥 연주를 참 다양한 방식으로 불러요. 스캣, 솔로, 솔로잉, 그리고 임프루비제이션improvisation이라고도 하죠. 한국에서는 보통 보컬 솔로 또는 악기 솔로라고 해요. 사실 어떻게 부르든 전혀 문제는 없어요. 단, 재즈 보컬이 즉흥 연주를 하는 것만큼은 항상 스캣이라고 합니다. 악기들의 즉흥 연주는 스캣이라고 부르지는 않아요.

즉흥 연주가 그냥 마음대로 연주하는 것처럼 보일 수 있을 거예요. 그런데 즉흥 연주를 음악적으로 분석해 보면 코드를 구성하는 모든 음(코드톤)이 화음을 이루고 있다는 사실을 알 수 있어요. 예고 없이 즉흥으로 하는 연주라기보다는, 각자가 오랜 시간 연습을 통해 쌓은 자신들의 내공을 보여주는 연주인 거죠.

바로 따라할 수 있는 즉흥 연주의 구조

그렇다면 재즈 연주자들은 어느 타이밍에 즉흥 연주를 할까요? 재즈 스탠더드를 예로 간단히 살펴봐요. 재즈 스탠더드는 일반적으로 한 곡이 32마디로 이루어져 있고, 이 32마디를 계속 반복해서 연주한다고 생각하시면 돼요. 첫번째 32마디 연주를 헤드head라고 불러요. 첫 번째 헤드는 기존의 틀, 다시 말해 원곡의 멜로디를 비교적 철저히 지켜 연주합니다. 보통은 처음으로 돌아가 32마디의 연주를 다시 시작할 때, 즉흥 연주가 시작됩니다.

기본적으로 즉흥 연주의 순서와 마디 길이는 '누가 몇 번째 순서에 몇 마디를 연주해야 한다' 하는 식의 정해진 룰이 없어요. 32마디 전체가 즉흥 연주로 반복될 수도 있죠. 물론 연주 전에 대강의 횟수를 협의하는 경우도 있긴 하지만, 즉흥 연주라는 이름대로 이런 계획조차 언제든 바뀔 수 있어요. 충분히 즉흥 연주를 하고 나면, 다시 처음으로 돌아가 멜로디에 기반한 32마디를 연주하면서 한 곡이 마무리돼요.

재즈 트럼펫 연주자 쳇 베이커Chet Baker의 「Autumn Leaves」를 들으시면서 다시 한 번 곡의 순서를 따라가 봐요. 이 곡에서 첫번째 32마디는 두 명의 보컬이 불러요. 두 번째, 세 번째 반복될 때는 트럼펫과 피아노가 각각 솔로로 연주해요. 바로 여기가 즉흥 연주 부분이죠. 마지막에는 처음 16마디는 악기 솔로, 즉 트럼펫 즉흥 연주를 하고 뒤의 16마디는 보컬이 원래의 멜로디대로 부르며 마무리해요.

악기가 아닌 보컬의 즉흥 연주, 스캣은 보컬의 목소리를 악기처럼 사용하고 리듬과 멜로디를 활용해요. 재즈 뮤지션들은 즉흥 연주에 쓰이는 소리(음절)를 실라블syllable이라고 하는데요. 여기서는 음절로 표현할게요.

"나도 한번 스캣에 도전해 볼 수 있을까?" 생각하시는 분들이 계시다면, 의외로 쉽게 시도해 볼 수 있는 방법이 있어요. 좋아하는 악기 소리를 상상해서 내보는 거예요. 그 다음엔 다음의 다양한 음절을 한번 훑어보며 어떤 음절로 부를지 정하면 돼요! 스타, 타, 다, 두, 디, 우, 와, 부, 비, 수, 슈 등 어떤 소리라도 즉흥 연주에 사용될 수 있어요. 보여드린 예시로 조합을 해본다면, 색소폰 소리를 흉내내서 "Sta- bob- du- bi- du- va- vu- ee~"처럼 말이죠. 본인이 편한 것이면 어떤 음절이든 사용할 수 있고, 꼭 여러 개의 소리가 아니어도 돼요. 마음에 드는 하나의 음절만 사용해 스캣을 할 수도 있답니다.

블루노트: 재즈를 상징하는 브랜드

여기에 트레이드trade라는 개념까지 이해하시면 즉흥 연주가 무엇인지 확실하게 감이 오실 거예요. 트레이드가 무엇인지 알아보기 위해 뉴욕의 또 다른 유명 재즈 클럽 '블루노트'로 가봐요!

블루노트는 재즈에 익숙하지 않은 분들도 한 번쯤은 들어보셨을 거예요. 재즈 클럽이자 레코딩 스튜디오, 음악 레이블인 동시에 재즈를 상징하는 브랜드라고 할 수 있습니다.

블루노트 재즈 클럽은 1939년에 설립되었어요. 이 클럽

뉴욕 블루노트

은 재즈 뮤지션들의 연주를 지원하는 곳이자, 레코딩을 위한 스튜디오이기도 했는데요. 설립 이후 몇 십 년에 걸쳐 미국과 전 세계의 재즈 아티스트들이 이곳에서 라이브 공연을 했죠. 그렇게 녹음된 블루노트의 음반들은 재즈 음악사의 고전으로 평가받고 있습니다. 블루노트의 레이블인 블루노트 레코드는 많은 재즈 거장들의 음반을 발매하고 있는데요. 뛰어난 연주와 훌륭한 음질로 재즈 음악을 대중적으로 소개했어요.

블루노트는 뉴욕뿐 아니라 미국의 하와이와 캘리포니아 나파, 일본 도쿄, 브라질 리우데자네이루와 상파울루, 이탈리아 밀라노, 중국의 베이징과 상하이에도 있어요. 다양한 지역에 있는 블루노트 재즈 클럽들은 일반적으로 동일한 이름을 사용하고, 공통된 특징과 스타일을 공유하죠. 블루노트 레코드와도 연결되어 있어요. 그러나 각 클럽은 별개의 독립된 엔터테인먼트 기업으로 운영되는데요. 지역의 재즈 음악 커뮤니티와 문화에 맞게 프로그램을 구성합니다.

뉴욕의 블루노트는 그리니치빌리지 또는 웨스트빌리지라고 부르는 맨해튼 남서쪽 지역에 위치해 있어요. 이 근처에 영화 스파이더맨 시리즈에서 주인공 피터 파커가 아르바이트했던 것으로 유명한 조스Joe's 피자가 있어요. (아, 이곳은 현금만 받으니까 꼭 기억해 두세요.) 그리고 제가 뉴욕에서 가장 좋아하는 아티초크 피자를 파는 아티초크 바질스 피자 Artichoke Basille's Pizza도 블루노트 근처 도보 5분 거리에 있어요.

뉴욕 블루노트에서 공연하고 있는
존 스코필드와 데이브 홀랜드

경험들 6 - 재즈의 도시

공연을 예매해 두시고, 시작 전후에 출출하시다면 이 두 곳 중 어디를 가시더라도 만족스러운 식사를 하실 수 있을 거예요. 뉴욕대[NYU] 캠퍼스 근처라서 전반적으로 물가가 조금 저렴하기도 하고 활기찬 분위기가 느껴지는 매력적인 동네예요.

1층에 무대가 있고 테이블이 많아서 식사와 음료를 주문해서 여유 있게 먹고 마실 수 있어요. 2층에는 작은 기념품 숍과 화장실, 그리고 연주자 대기실이 있어요. 티켓은 공연에 따라 다르지만 보통 25달러 정도인데요. 이 클럽도 1인당 20달러의 커버 차지가 있어요. 학생이시라면, 일부 공연만 학생 할인이 가능하니 미리 웹사이트로 확인하시고 방문 시 학생증을 지참하세요.

블루노트는 바 자리가 굉장히 협소한 데다 공연 보기가 힘들어요. 꼭 테이블에 앉으셔야 합니다! 가장 유명한 클럽이다 보니 예매는 필수예요. 무엇보다 조금 일찍 가셔야 좋은 자리에 앉을 수 있으니 일찍 출발하시고요.

존 스코필드, 데이브 홀랜드 듀오:
기타와 베이스로 나누는 편안한 대화

저는 초겨울의 어느 날, 기타리스트 존 스코필드[John Scofield]와 베이시스트 데이브 홀랜드[Dave Holland] 듀오의 공연을 블루노트에서 봤어요. 친구와 함께 갈 재즈 클럽의 라인업을 쭉 보다가 익숙한 이름들을 발견하고 바로 예매했죠.

이 두 할아버지는 각자 이미 유명한 뮤지션들이지만, 재즈의 전설이라고 불리는 트럼페터 마일스 데이비스Miles Davis의 밴드를 거쳤다는 공통점으로도 알려져 있어요. 밴드 활동을 한 시기는 서로 다르지만요.

신나고 들뜬 마음으로 티켓을 예매하고, 블루노트에 갔는데 입장 대기 줄이 꽤 길었습니다. "아, 이 할아버지들, 여전히 대단하시구나!" 했어요.

공연은 감동적이었어요. 예전에 같이 작업했던 아티스트의 이름을 하나하나 언급하면서 지금은 세상에 없는 두 분의 오랜 친구들의 곡을 많이 연주했어요. 재즈 뮤지션들은 과거를 이렇게 아름답게 추억하는구나 하면서 감탄했어요.

연주 중에 두 뮤지션은 기타와 베이스로 대화를 나누는 것 같았습니다. 베이스와 기타로 이렇게 안정감 있는 대화를 들을 수 있다니. 새삼 신기했답니다. 이날 찍은 영상을 다른 친구에게 보여주면서 "나 이분들 만나고 왔다!"하고 자랑하니, 친구가 "이 할아버지들 지금 말다툼하시는 거 같아"하고 장난을 쳤던 기억이 나요.

대화, 말다툼 같은 주고받는 연주, 바로 트레이드예요. 즉흥 연주를 활용해 연주자들끼리 음악으로 주거니 받거니 대화하는 것을 말하는데요. 4마디씩 주고받을 수도 있고, 8마디씩 주고받을 수도 있어요. 트레이드를 듣고 있으면 한 명씩 번갈아 가면서 본인의 이야기를 하는 느낌도 들고, 보컬이나 다른 악기들이 서로 대화하는 듯한 느낌이 들어요.

공연을 보고 우연히 2층 화장실에 들렀다가, 대기실에서 나오는 존 스코필드 할아버지와 사진도 찍었어요. 한국 사람이라고 하니 반갑다고 하시면서, 한국에 공연이 있어 곧 방문한다는 말씀을 하시더라고요.

제가 고심해서 고른 존 스코필드와 데이브 홀랜드의 연주 플레이리스트를 여러분께 공유해 드릴게요. 따뜻한 시선과 미소를 주고받으며 연주하는 두 분의 트레이드를 들어 보시면, 저처럼 감사함과 감동을 느끼실 수 있을 거예요!

- 존 스코필드, 데이브 홀랜드 플레이리스트

- 블루노트 뉴욕
  131 W 3rd St, New York, NY 10012
  bluenotejazz.com

이것은 재즈인가, 아닌가

전통이란 무엇일까

저는 재즈스쿨에서 전통 재즈 음악을 주로 공부했어요. 수업 커리큘럼은 대체로 전통 재즈를 다루고 있었고, 교수님들이 주시는 과제도 오래된 재즈 스탠다드 곡들이었죠.

재즈가 익숙할 리 없는 한국에서 무작정 날아온 저와는 달리, 전 세계 각국에서 온 학교 친구들은 '재즈 덕후' 같았어요. 쉬는 시간에도 "마일스 데이비스가 연주한 그 1960년대 영상 봤어? 대단하지 않아?"하면서 오래된 영상을 공유하고 이야기를 나눠요. 복도에서도 라운지에서도 그런 대화가 끊이지 않았죠.

저는 부끄럽게도 학교에 입학하기 이전에 공부를 많이 하지 못했어요. 재즈에 대한 지식이 다른 친구들에 비해 많이 부족했죠. 친구들은 오래 전부터 연주해 온 곡들의 완성도를 높이려 연습하고 있는데, 저는 수업 시간에 만난 익숙하지 않은 곡들을 제 것으로 만들기 위해서 열심히 배우고 있었어요.

졸업 후 교수님께 인사드리러 갔을 때, 솔직하게 말씀드렸던 기억이 나요.

"저는 입학할 때 전통 재즈에 대해서 많이 무지했던 것 같아요. 합격시켜 주셔서 그동안 많이 성장했어요."

'전통' 재즈라니. 조금은 어색하시죠? '그럼 내가 알고 있는 그 음악도 재즈가 맞나?'하는 생각이 드실 거예요. 저도 가끔 음악을 들으면 헷갈릴 때가 있거든요. '분명 팝이 맞는 것 같긴 한데, 계속 듣다 보니 재즈 같기도 하네…?'하는 경우 말이에요. 다양한 노래를 찾아 듣다 보면 이런 생각은 더 많이 들죠.

재즈는 굉장히 넓고 방대한 장르예요. 재즈의 역사를 살펴보면 정통 재즈를 고수하는 아티스트들 외에도, 현대적인 음악 요소와 다른 장르를 결합해서 새로운 서브 장르를 탄생시킨 뮤지션들이 아주 많아요. 그래서 음악 전공자들도 낯선 서브 장르들을 접하면 이게 재즈인지 아닌지 헷갈릴 때가 있어요.

재즈와 팝

재즈에는 생각보다 훨씬 더 다양한 파생 장르가 존재하고 그중 몇몇은 재즈인지 팝인지 경계가 불분명해서 논란의 대상이 되기도 하는 것 같아요. 대표적인 아티스트가 '노라 존스Norah Jones'와 '케니 지Kenny G'예요. 생각보다 유명한 사람들이죠?

저도 많이 받는 질문인데요. "노라 존스는 재즈 뮤지션일까, 아닐까?" 사실은 답하기 애매합니다.

정확하게 표현하자면 노라 존스는 넓은 개념에서 재즈 아티스트가 맞긴 해요. 하지만 세부적으로 분류했을 때, 컨트리나 팝의 요소에 재즈가 가미된 음악, '퓨전 재즈'를 하는 뮤지션이라고 볼 수 있어요.

이런 이유 때문인지 정통 재즈 뮤지션들은 노라 존스를

팝 가수로 분류하고 선을 그으려는 경향이 있어요. 재즈 뮤지션들뿐 아니라, 미국 음악 시장에서도 노라 존스는 주로 팝 가수로 인식되거든요. 제 개인적인 경험으로 한국 리스너들은 노라 존스의 음악을 재즈라고 생각하는 경우가 많았던 것 같고요.

노라 존스의 음악은 정통 재즈로 분류하기에는 즉흥성의 요소가 많이 부족하고, 그렇다고 팝이라고 하기엔 재즈 코드 진행이 가끔 보이죠. 팝의 특징인 귀를 사로잡는 캐치한 멜로디 라인은 별로 없어요. 따라 부르기 쉽다는 일반적인 팝의 요소는 다소 부족해요.

왜 노라 존스의 음악에선 재즈의 느낌이 날까요? 노라 존스가 미국 텍사스의 유명한 재즈 스쿨을 다녔다는 사실에서 그 이유를 찾아볼 수 있을 거예요. 노라 존스가 다닌 노스텍사스대학교는 정통 재즈로 유명한 학교거든요. 노라 존스의 음악은 재즈로 기본기를 다진 뮤지션이 자기만의 스타일을 만들어 나가면서 만든 퓨전 재즈로 보는 게 맞을 것 같아요.

팝과 재즈 사이에서 논란을 일으키는 또 다른 아티스트, 미국의 색소포니스트 케니 지의 경우는 어떨까요? 굳이 나눈다면 케니 지의 음악은 스무스 재즈로 분류해요. 전문가의 설명을 빌리자면, 스무스 재즈란 철저하게 상업화를 목적으로 한 크로스 오버 재즈라고 할 수 있어요. 간단하게 '상업화된 쉬운 재즈' 정도로 보시면 될 거예요.

스무스 재즈의 인기가 절정에 달했던 1970년대부터

1990년대, 케니 지는 굉장히 인기 있었어요. 화려한 쇼맨십으로도 유명했는데, 한국에서도 코미디언들이 케니 지를 따라하는 퍼포먼스를 했을 정도로 전 세계에서 사랑받는 성공한 뮤지션이 됐죠.

대중적으로 재즈를 알린 공이 있지만, 긍정적 평가만 있는 건 아니에요. 정통 재즈 뮤지션들 사이에서는 재즈를 지나치게 상업화해서 돈벌이 수단으로 이용했다는 부정적인 인식이 오히려 강하거든요. '케니 지의 음악에서는 재즈 전성기의 열정과 창의성을 찾아볼 수가 없다'는 비평도 있어요. 그럼에도 최근까지 월드 투어를 진행할 만큼 건재한 스타 아티스트입니다. 유명 팝 아티스트 곡에 피처링을 하는 등 활동 영역도 생각보다 다양하고요. 팝 가수 케이티 페리Katy Perry의 「T.G.I.F.」에서 케니 지의 화려한 색소폰 솔로를 들어보실 수 있어요.

물론 저도 그의 음악에서 재즈의 요소를 많이 찾기는 어렵다고 생각해요. 화려한 쇼맨십, 즉흥 연주의 부재, 캐치한 멜로디 라인은 재즈와는 거리가 있어요. 하지만 그럼에도 여전히 케니 지가 스무스 재즈라는 장르의 중심에서 거장 역할을 하고 있다는 것은 명백한 사실입니다.

디지즈 클럽: 재즈의 새로운 스타일을 만나다

전통에서 벗어난 재즈 음악과 굉장히 잘 어울리는 뉴욕의 재즈 클럽이 있습니다. 디지즈 클럽Dizzy's Club인데요. 노라

디지즈 클럽에서 열린 켈리 그린 트리오의 공연.
피아노 앞에 앉은 사람이 켈리 그린이다.

존스와 비교해 볼 수 있는 켈리 그린Kelly Green이라는 재즈 아티스트를 만난 곳이기도 해요. 함께 가봐요.

2004년에 문을 연 디지즈 클럽은 뉴욕 맨해튼의 컬럼버스 서클Columbus Circle에 있어요. 컬럼버스 서클은 드라마나 영화에도 자주 나와서 친숙한 원형 교차로예요. 컬럼버스 서클 바로 앞에 있는 링컨 센터Lincoln Center는 건축물 자체의 아름다움으로도 유명한 문화 센터인데요. 야외 극장, 오페라 하우스가 있고 발레부터 연극, 콘서트까지 열리고 있어요. 디지즈 클럽은 이 링컨 센터의 일부로 운영되고 있습니다.

클럽 이름은 미국의 전설적인 재즈 트럼펫 연주자인 디지 길레스피에서 따왔어요. 디지 길레스피는 미국 재즈의 거장 중 하나로, 비밥bebop 장르를 개척해 재즈 음악의 역사에 큰 영향을 끼쳤어요.

저는 디지즈 클럽을 굉장히 좋아하는데요. 지극히 개인적인 이유예요. 일단 제가 다니는 학교에서 교통이 편리하고 가까워요. 클럽 분위기도 현대적이고, 깨끗하고, 쾌적한데, 무엇보다 무대 뒤로 내려다 보이는 센트럴 파크의 해지는 모습을 감상할 수 있다는 점이 이 곳을 좋아하는 큰 이유예요. 모든 공연에 학생 할인이 적용되고, 학생증을 지참하면 음료나 음식을 시켜야 하는 커버 차지도 면제된다는 점도 좋죠.

사실 저에게만 이 클럽의 위치가 좋은 건 아니에요. 공연 관광 문화의 중심지에 있어서 누구에게나 편리한 곳이죠. 맨해튼에서 서쪽으로 59가와 브로드웨이가 만나는 컬

디지즈 클럽 창문으로 보이는 센트럴파크

럼버스 서클은 센트럴파크 기준으로 본다면, 파크 왼쪽 아래 모서리 꼭짓점에 있어요. 이곳에서 위로 조금만 걸어가면 66가에 링컨센터가 있고, 아래로 조금만 내려가면 57가에 카네기홀이 있어요.

디지즈 클럽이 있는 건물 자체의 규모가 큰 편이라서 그냥 둘러보며 시간을 보내기도 좋아요. 지하에는 홀푸드, 지상층에는 쇼핑할 수 있는 상점들이 있죠. 건물에 들어서자마자 오른쪽으로 들어가면 디지즈 클럽으로 바로 갈 수 있는 엘리베이터가 있습니다.

디지즈 클럽은 사실 재즈를 상업적으로 이용하고 있다는 평을 받고 있는 곳이에요. 흥행성을 고려해 인기 있는 아티스트로 라인업을 구성하는 클럽이거든요. 재즈의 발전에는 관심이 없으면서 돈 벌기에만 급급하다는 인식이 재즈 뮤지션들 사이에 있죠. 저는 개인적으로 그렇게 생각하지는 않지만요.

제가 디지즈에서 만난 켈리 그린이라는 아티스트도 일부 뮤지션들에겐 전통에서 벗어난 상업적 음악으로 보일 수 있을 거예요. 하지만 저에겐 새로운 스타일을 보여주는 감동적인 재즈 음악이었어요.

켈리 그린과 블로섬 디어리: 귀여운 재즈도 있다

사실 저는 켈리 그린에 대한 정보를 전혀 모르고 갔어요. 지난 학기에 박사 자격 시험을 끝냈을 때, 좋은 공연을 하나 보면서 기념하고 싶다는 생각이 들어서 찾다가 우연히 발견한 뮤지션이었어요. 예매 직전에 유튜브로 음악의 스타일과 방향을 파악한 게 전부였죠.

디지즈에서 만난 켈리 그린은 힘 있고 거침없는 피아노 연주에, 키치한 목소리가 아주 매력적이었어요. 노라 존스의 음악과는 다르게 켈리 그린의 음악은 듣자마자 '이것은 재즈다!' 확실히 느낄 수 있죠. 헤비한 스윙 리듬, 즉흥 연주, 그리고 안정감 있는 피아노-베이스-드럼의 밸런스. 대부분의 곡들이 켈리 그린이 작곡한 곡이어서 더 좋았는데요. 주변에서 사소하게 지나칠 수도 있는 일상에서 모티브를 얻어 이야기로 풀어내고, 음악으로 완성해서 연주하는 모습이 대단하다고 느꼈어요.

켈리 그린을 보면서 제가 좋아하는 아티스트 블로섬 디어리Blossom Dearie가 생각났어요. 지금은 돌아가셨지만 피아노를 치며 노래를 하는 아주 귀여운 할머니예요. 공연 중간에 켈리 그린이 블로섬 디어리를 언급하고 존경을 표하는 것을 보면서, '아, 켈리 그린이 블로섬 디어리의 영향을 많이 받았구나' 생각했습니다.

퓨전 재즈와 스무스 재즈 외에도 재즈의 서브 장르는 굉장히 많아요. 정통 재즈 스타일을 고수하며 재즈의 정도正道를 걷는 아티스트들뿐 아니라, 본인만의 음악 스타일에 재즈를 가미해 새로운 장르나 스타일을 만들어 내는 아티스트들도 꾸준히 있었다는 증거죠.

물론 상업적인 접근을 거부하고 전통을 고수하며 재즈의 역사를 지켜온 재즈 뮤지션들에게 '이것이 재즈인가 아닌가' 하는 문제는 굉장히 중요할 거예요. 자칫 재즈의 전통과 역사가 흐려질 수 있기 때문이겠죠.

　미국의 전문가들도 이 문제에 대해선 의견이 엇갈립니다. 결국 판단은 리스너 개인의 몫인 것 같아요. 누군가는 케니 지를 비판하고, 누군가는 정통 재즈주의자들이 너무 예민하다고 비평하기도 하지만, 그 음악을 좋아하고 듣는 사람들이 많다는 건 부정할 수 없는 사실이죠.

　뉴욕을 여행하는 한국 분들 가운데엔 재즈 공연이 굉장히 비싸고, 또 즐기기 어렵다고 생각하시는 경우가 많은 것 같아서 아쉬웠어요. 하지만 재즈의 접근성은 뮤지컬보다도 좋아요. 뮤지컬, 오페라, 클래식 공연보다 저렴하고, 찾아가기도 쉬워요.

　전반적인 재즈 클럽들의 분위기를 파악하셨다면, 여행하실 때 클럽 웹사이트에서 라인업을 한 번 검색해 보세요. 모르는 아티스트라도 유튜브에서 미리 보고 음악적 스타일을 이해하고 가시면, 처음 뉴욕에 오시는 분들도 충분히 어렵지 않게 공연을 즐기실 수 있을 거예요. 특히, 첫 도전이라면 현대적인 느낌의 디지즈 클럽을 강력하게 추천해요!

　마지막으로 켈리 그린과 블로섬 디어리의 음악을 하나하나 모아서 만든 플레이리스트를 소개합니다.

- 켈리 그린, 블로섬 디어리 플레이리스트

- 디지즈 클럽

10 Columbus Cir, New York, NY 10019

https://jazz.org/dizzys/

4

무해한 음악에
저항 정신을 담았을 때

연주를 준비할 때, 빠지지 않는 장르

재즈 스쿨을 졸업한 사람들은 어떤 일을 할까요? 같이 학교를 다녔던 친구들 가운데엔 멋진 재즈 뮤지션이 되어서 뉴욕에서 활발히 활동하는 친구들도 있고요, 대학교에서 재즈 강의를 하고 있는 친구들도 있어요. 공연 라인업을 볼 때나 미국의 음악 대학교 웹사이트에서 친구들의 이름을 마주칠 때면 굉장히 반갑고 또 대단하다는 생각이 들어요.

저는 조금 특이한 케이스인데요. 음악 교육으로 전공을 바꿔서 박사 과정에 재학 중이에요. 미국의 음악 교육 관련 주제를 가지고 연구를 하고, 논문을 쓰고 또 대학교에서 강의를 하고 있어요.

재즈 전공이 생소하게 느껴지시죠? 미국인들 중에서도 재즈 전공자는 드물어요. 특히 한국인 전공자는 더 그렇죠. 그래서인지 학교에서 좋은 기회를 주셔서 재즈 보컬 강의를 하고 있어요. 신입생 환영회처럼 학교 내에서 다양한 파티나 소셜 모임이 있을 때, 재즈 보컬로서 공연도 하고 있어요.

어떻게 연주를 준비하는지 궁금하실 것 같아요. 공연 요청을 받으면 일시, 장소, 무대의 규모 그리고 행사의 목적에 따라서 같이 연주할 뮤지션들을 찾아서 섭외해요. 연주자들의 일정이 확정되면, 공연할 곡 리스트를 같이 논의하고 최종 결정된 곡들을 제 키key에 맞게 바꾸어서 각자 충분히 연습한 뒤, 당일 잠깐의 리허설 후 연주를 해요. 저는 보사노바 곡을 빼놓지 않는 편인데요. 특유의 리듬과 독특한 분위기로 가본 적도 없는 브라질의 해변가가 자연스럽게 연상되는 보사노바는 알면 알수록 더 매력이 넘치는 장르라고 생각해요.

브라질, 미국을 넘어 세계로 향한 '새로운 바람'

보사노바는 엄밀히 말하면 브라질의 삼바와 재즈가 합쳐진 형태의 서브 장르예요. 하지만 너무나 큰 인기를 얻다 보니 서브 장르를 뛰어넘어 재즈 스탠더드로 자리 잡게 되었어요.

'난 아직 보사노바를 들어본 적 없는 것 같은데?' 생각하는 분이 계실 수도 있어요. 하지만 들어보셨을 거라고 확신합니다! 유명한 가요 중에도 보사노바 리듬이 가미된 곡이 많아요. 최성원 원곡으로 성시경이 리메이크한 「제주도의 푸른 밤」, 이소라의 「청혼」, 김현철의 「춘천가는 기차」, 조덕배의 「그대 내맘에 들어오면은」 같은 곡들이 대표적이에요. 대중적으로도 큰 인기를 끌었던 이 곡들은 가요 멜로디에 보사노바 리듬이 어우러진 곡들입니다.

히트곡들에 많이 쓰이다 보니, 보사노바가 상업적으로 느껴지실 수도 있어요. 하지만 보사노바는 정통 재즈를 논할 때 꼭 이야기해야 하는 장르입니다. 브라질 음악이라는 경계를 넘어, 전 세계에서 보사노바 음악을 연주하는 뮤지션들이 많죠. 재즈의 역사에서 보사노바는 수많은 재즈 아티스트에게 큰 영향을 줬거든요.

보사노바의 역사는 생각보다 길지 않아요. 1950년대 후반, 브라질에서 탄생됐습니다. 브라질의 중산층 음악가들

사이에서 시작되었어요. 전형적인 재즈의 코드 진행을 탈피하고, 기존의 삼바 리듬에서도 벗어난 새로운 음악이었죠. 빠른 삼바의 리듬보다는 여유롭고, 음악의 형식 또한 색달랐어요. 탄생과 동시에 브라질에서 큰 인기를 얻은 이 장르는 북미까지 진출하게 되었습니다. 그래서 이 장르에 보사노바라는 이름이 붙었어요. 보사노바는 브라질의 언어인 포르투갈어로 '새로운 바람'이라는 의미입니다. 미국에서 이 장르는 새로운 바람이었거든요.

보사노바 하면 빠질 수 없는 아티스트는 바로 안토니오 카를로스 조빔Antônio Carlos Jobim이에요. 보사노바의 아버지라고 불리는 조빔은 많은 곡을 작곡했어요. 공식적으로 기록된 최초의 보사노바 음악 「Chega de Saudade(No More Blues)」도 조빔의 작품입니다.

조빔은 약 400여 개의 보사노바 곡을 작곡했는데요. 그중에서도 「Garota de Ipanema(The Girl from Ipanema)」가 가장 유명해요. 수많은 아티스트들을 통해 무려 240번 넘게 녹음된 곡이에요.

이렇게 보사노바의 시작을 화려하게 연 조빔은 브라질에서 북미로 건너가 미국의 재즈 뮤지션 스탠 겟츠Stan Getz, 프랭크 시나트라Frank Sinatra 등과 활발하게 협업했습니다. 1965년 그가 참여한 앨범 『Getz/Gilberto』는 그래미 어워즈 올해의 음반상을 수상한 최초의 재즈 음반이 되었습니다. 이때 최고의 재즈 악기상도 수상했죠. 놀라운 점은 이 모든

일이 조빔이 첫 보사노바 곡을 작곡한 지 채 10년도 지나지 않아 벌어졌다는 거예요.

제가 앞서 조빔의 곡들을 소개하면서 괄호 안에 영어 제목을 써두었는데요. 포르투갈어 제목보다 영어 제목을 보고 "아, 그게 그 노래였어?" 하고 떠올리시는 분들이 많을 것 같아서였어요. 보사노바 곡에는 이렇게 영어 제목들이 함께 붙은 경우가 많아요. 보사노바는 브라질에서 만들어진 음악인데 왜 영어 제목이 있을까요?

보사노바 아티스트들은 브라질의 언어인 포르투갈어로 제목과 가사를 붙였지만, 이 곡들이 북미로 전파되면서 영어로 번역된 제목과 가사가 함께 알려졌답니다. 이렇게 알려진 제목이 더 유명해지니 영어 제목도 함께 쓰이게 된 것이죠.

보사노바는 어떻게 이렇게 북미 지역에서 큰 인기를 끌 수 있었던 걸까요? 보사노바 하면 떠오르는 평온한 분위기, 아름다운 선율, 사랑이나 해변에서의 일상, 아름다운 소녀들을 묘사하는 무해한 가사에 재즈의 요소가 더해지면서 폭발력을 낸 것이 아닐까 합니다. 전형적이지 않은 코드 진행, 생소한 리듬에 재즈 특유의 즉흥성까지. 색다른 무드의 재즈를 접한 미국의 재즈 뮤지션들은 큰 영향을 받게 되었죠.

보사노바는 미국의 라디오 프로그램에서 처음 소개되었어요. 미국의 유명 라디오 진행자 펠릭스 그랜트^{Felix Grant}가 보사노바 음악을 들려줬고 미국 팬들은 아름다운 선율에 반했습니다. 대중적 인기가 커지자 미국 정부는 보사노바의 인기를 활용해서 브라질과 미국의 문화 교류 프로그램을 시작했어요. 이 프로그램은 변화의 촉매가 되죠. 미국 재즈의 자유로운 문화가 독재 치하였던 브라질의 문화에 영향을 주게 된 것입니다.

우리나라의 역사를 보아도 알 수 있듯, 예술은 독재 국가에서 자유를 촉구하는 메시지의 표현 수단입니다. 브라질에서도 마찬가지였어요. 자유와 다양성을 중요하게 여겼던 미국의 재즈 음악과 교류하면서 브라질 문화계에서도 표현의 자유를 촉구하는 목소리가 커졌습니다. 브라질 뮤지션들은 미국과의 문화 교류를 통해 독재 정권의 압박하에서도 자유롭게 음악을 만들 수 있었습니다.

미국의 재즈 뮤지션들이 브라질의 보사노바 뮤지션과 만나 양국을 오가며 함께 공연하고, 서로의 곡을 연주하면서 보사노바는 세계로 뻗어나갑니다. 프랭크 시나트라처럼 전 세계가 아는 미국의 유명 아티스트가 부른 곡들이 보사노바를 알린 거죠. 지금도 미국에서는 많은 브라질 재즈 뮤지션들이 활동하고 있어요. 오늘의 주인공을 포함해서요.

밀러 씨어터: 고풍스런 현대 예술의 리더

지금까지 이야기를 나눈 보사노바의 나라 브라질에서 온 그래미 수상 보컬리스트 루시아나 소자Luciana Souza를 소개해 드리려고 해요. 그리고 제가 그녀를 만난 특별한 장소 밀러 씨어터도요.

본격적으로 추워지기 직전의 11월, 우연히 학교에서 온 뉴스레터를 읽는데 너무 눈길이 가는 공연이 있는 거예요. 유심히 읽어 봤더니, 학교에서 운영하는 밀러 씨어터라는 공연장에서 재즈 공연이 열린다는 거였어요. 그래미 상을 받은 보컬 루시아나 소자와 작곡가 빈스 멘도자Vince Mendoza 가 빅밴드와 함께 공연을 한다는 내용이었죠. 정작 루시아 나 소자에 대해서는 잘 몰랐지만, 18명의 빅밴드 명단 이름 을 훑어보는데 안 갈 수 없는 유명한 연주자들이 있어서 바 로 예매를 했던 기억이 나요.

밀러 씨어터는 맨해튼 116가와 브로드웨이가 만나는 지 점에 있는데요. 센트럴파크 기준으로 왼쪽 위예요. 어퍼이 스트의 끝자락, 그리고 할렘의 초입부죠. 할렘 하면 무서운 동네라는 고정 관념이 있는데요. 웨스트 할렘 초입부는 컬 럼비아대학교 캠퍼스가 크게 위치하고 있어서 이스트 할렘 에 비해서는 비교적 안전해요. 학교 주변에 순찰을 도는 경 비원들도 굉장히 많고요. 무엇보다 밀러 씨어터는 지하철 116가 역에서 하차해서 지상으로 올라오면, 바로 코앞에 위 치하고 있어요. 열 걸음 정도 거리예요.

현재의 밀러 씨어터는 폴 앤 메리 밀러 재단Paul and Mary Miller Foundation의 후원을 받아 1988년에 설립되었어요. 1920 년대에 문을 연 기존의 맥밀린McMillin 극장을 개조해서 쓰고 있는데요. 밀러 씨어터는 재즈뿐 아니라 클래식, 현대음악, 특별 행사 등 다양한 프로그램을 운영하고 있어요. 또 다른

밀러 씨어터 입구

컬럼비아대학교 캠퍼스

특징은 공연 라인업이 굉장히 일찍 나온다는 건데요. 제가 2023년 7월 쯤, 2024년의 3월 공연을 예매했을 정도입니다. 공연 라인업을 미리, 고심해서 기획한다는 느낌이 들죠? 밀러 씨어터는 예술적으로 다양한 공연을 즐길 수 있는 공간인 동시에 현대음악과 예술을 이끄는 리더라고 할 수 있어요.

학교가 전통이 있는 만큼, 공연장은 고풍스러운 느낌이 납니다. 현대적인 느낌은 아니에요. 하지만 관리는 잘 되어 있어요. 공연장 안은 무대를 중심으로 좌석을 넓게 배치한 형태여서 어디에 앉더라도 무대가 잘 보이는 편입니다. 너무 고민하지 않고 좌석을 예매하셔도 괜찮을 거예요.

컬럼비아대학교 정문이 바로 옆에 붙어있어서 대학 캠퍼스도 둘러보실 수 있어요. 특히 겨울에 이 곳을 방문하신다면, 아름다운 일루미네이션으로 장식된 반짝이는 길을 걸어볼 수 있죠. 정문으로 들어갔다가 다시 밀러 씨어터로 돌아오는데 20분도 안 걸릴 거예요. 정문을 통과하자마자, 왼쪽으로는 로우 라이브러리, 오른쪽으로는 버틀러 도서관이 있어서 굉장히 관리 잘 된 잔디가 깔린 미국 캠퍼스를 잠시 느껴보실 수 있어요. 꼭 추천드립니다! 맨해튼 관광지들은 정신없고 복잡하지만, 공연을 보기 직전 저녁의 컬럼비아 캠퍼스는 아주 고즈넉하고 고요할 거예요. 낮에는 무료로 캠퍼스 투어를 신청할 수 있어서, 관심이 있으신 분들은 캠퍼스 투어를 예약하셔도 좋아요.

루시아나 소자와 빅밴드의 공연

경험들 6 - 재즈의 도시

편안하면서도 뜨거운 에너지

다시 오늘의 주인공 루시아나 소자 이야기로 돌아올까요? 브라질 출신의 루시아나 소자는 언변이 화려했어요. 절제되었지만 화려한 무대 매너도 좋았어요. 하지만 무엇보다 루시아나가 가진 가장 큰 무기는 아름다운 목소리 톤이죠. 곡을 자기만의 풍부한 감성으로 해석하는 능력도 뛰어나고요. 또 한 번 '그래미상 받은 보컬리스트는 다르구나!' 하면서 감탄했어요. 루시아나 소자가 노래를 할 때 작곡가 빈스 멘도자와 18명의 빅밴드들은 눈과 귀를 사로잡는 연주를 들려줬고요. 중간 중간 빅밴드 악기들의 솔로를 들을 때 소름이 돋았어요. 특히 색소포니스트 도니 맥캐슬린Donny McCaslin의 솔로 연주에 빠졌어요.

음악은 표면적으로는 음정, 박자, 가사로만 이루어져 있지만 그 이면을 들여다보면 민족의 역사와 문화를 담고 있어요. 저는 보사노바의 역사에서 대한민국의 근대 역사에 꽃을 피웠던 음악이 연상되거든요.

1964년부터 1985까지의 군사 정권 시기, 브라질 정부는 예술과 문학을 광범위하게 검열하고, 독재에 반대하는 사람들을 탄압했어요. 브라질 군부는 표현의 자유를 억압하고, 검열하려고 했지만, 예술가들은 음악, 이야기, 그리고 예술 작품을 통해 의견을 표현했죠. 노래로 군사 정권에 대항한 거예요. 그래서 몇몇 학자들은 어지러운 나라의 상황에 맞서기 위해 고전적인 기법에서 탈피한 새로운 음악적 방식으로 만든 저항의 산물이 보사노바라고 주장하기도 해요.

　슬픔, 저항, 변화에 대한 희망에서 다양한 문화가 발전하고, 때로는 또 다른 문화와 융합되는 역사를 보면 경이로움을 느낍니다. 그런 점에서 재즈라는 큰 카테고리 안에서 출생지도, 형태도, 나이도 다른 보사노바가 굳건히 브라질의 정체성을 지켜오는 것을 보면, 어려움 속에서도 고유한 정신을 지켜온 브라질이라는 나라를 보는 것 같은 느낌이 들어요. 이런 저항 정신이 있었기 때문일까요? 춤 삼바, 축제인 카니발, 축구까지. 한 나라에서 전 세계의 사랑을 받는 다양한 문화가 이렇게나 쏟아져 나왔어요.

　보사노바 음악을 들으면서 브라질의 역사를 느껴보시면 어떨까요? 따뜻하고 아름다운 노래 가사에 마음이 편안해지면서도 무언가 뜨거운 에너지가 생겨날 거예요.

　조빔, 루시아나 소자, 그리고 빈스 멘도자의 음악들로 플레이리스트를 구성해봤어요. 함께 들어요.

- 보사노바 플레이리스트

- 밀러 시어터
  2960 Broadway, New York, NY 10027
  https://www.millertheatre.com/

5

당신은 스윙을 갖고 있나요?

재즈를 공부할 때, 가장 어려운 한 가지

저에게 재즈에서 가장 어려운 게 뭐냐고 물으신다면, 저는 망설임 없이 이 한 가지를 이야기할 겁니다. 바로 '스윙 필swing feel'이에요. 연습할수록 어렵고 알쏭달쏭한 리듬인데요. 스윙 하면 이런 장면이 떠올라요. 노래를 부르면서 나름 잘하고 있는 것 같다는 생각에 살짝 교수님 쪽으로 고개를 돌렸다 마주한, 냉정하게 고개를 젓는 모습이요.

교수님은 제가 흉내를 내기보다 "진짜 스윙 필"을 연주하길 원하셨어요. 그런데 제대로 된 스윙 리듬을 구사하는 것은 저에게 너무 어려웠어요. 어쩌면 모든 재즈 연주자들에게도 영원한 숙제 같은 일이 아닐까 생각해요. 특히 한국인에게 스윙 리듬은 참 어렵거든요. 한국의 고전 음악, 장단을 포함해 K-pop, K-발라드 등 모든 곡들은 스윙 리듬과는 전혀 다른 '스트레이트' 리듬이 강해요. 여기서 스트레이트란, 어떠한 리듬도 추가되지 않은 기본적인 리듬을 의미해요. 쉽게 설명하자면 「곰 세 마리」나 「애국가」를 부를 때처럼 정박에 박수를 칠 수 있는 리듬이죠. 우리나라에서는 이런 스트레이트 리듬 기반의 음악이 주류였기 때문에 더욱더 스윙의 개념이 낯설 수 있어요.

여러분은 '스윙'이라고 하면 무엇이 가장 먼저 떠오르시나요? 스윙의 사전적인 정의는 '어딘가에 매달리거나 축에 고정된 상태에서 앞뒤 또는 좌우로 움직이는 행위'인데요. 대표적으로 야구, 골프, 테니스, 탁구 같은 스포츠에서 기구를 이용해 공을 쳐내는 움직임을 스윙이라고 하죠. 또 주식에서는 오르락내리락 하는 시세 패턴으로 차익을 만드는 단기 투자를 스윙 트레이딩이라고 하고요.

스윙은 이렇게 명쾌하게 정의내리기 쉽지 않아요. 먼저 스윙 리듬이 무엇인지부터 알아봐요.

혹시 학교 음악 시간에 배운 셋잇단음표를 기억하시나요? 4분 음표를 한 박자로 봤을 때, 한 박을 동일한 3개의 리듬으로 나눈 것이 셋잇단음표입니다. 이 때, 이 4분 음표 한 박을 3개로 나눈 셋잇단음표에서 중간의 리듬을 빼고 1번, 3번 리듬만 연주하는 것을 셔플 리듬이라고 하는데요. 이와 달리 한 박을 3개로 나눈 리듬에서 1, 2번을 한 리듬처럼 길게 그리고, 3번을 살짝 느린 것 같은 리듬으로 연주하는 것을 바로 스윙 리듬이라고 해요.

스윙 리듬은 생각보다 미묘하고 치밀해요. 리듬을 얼마나 빠르게, 또는 느리게 연주하는지에 따라서 스윙의 분위기가 완전히 바뀌기도 해요.

빠른 속도의 스윙은 소니 롤린스의 「Oleo」를 들어보시면 쉽게 파악하실 수 있어요. 반대로 피아노, 보컬, 콘트라베이스의 매력과 함께 조금 느린 스윙 곡을 들어보고 싶으신 분들께는 루이 암스트롱Louis Armstrong의 「On the Sunny Side of the Street」을 추천할게요. 같은 곡을 연주한 에스파란사 스폴딩Esparanza Spalding의 버전도 함께 들으며 속도에 따른 곡의 분위기를 비교해 보는 것도 재미있을 거예요.

스윙의 시대

스윙은 1920~1930년대 미국에서 탄생한 장르로, 1930년대부터 미 전역에서 큰 인기를 끌면서 1935년부터 1946년까지 이른바 스윙의 시대가 시작됐어요. 1926년에 뉴욕 할렘에서 문을 연 사보이Savoy라는 클럽에서 스윙 음악이 연주된 이후, 린디홉Lindy Hop 같은 스윙 댄스도 탄생했고요.

이 무렵부터 베니 굿맨Benny Goodman, 듀크 엘링턴Duke Ellington, 카운트 베이시 같은 아티스트들이 빅 밴드들과 스윙을 연주하기 시작했고, 흥겨운 리듬에 맞춰 춤을 추는 사람들이 크게 늘었어요. 스윙의 시대에서는 린디 홉 외에도 수백 가지의 스윙 댄스가 생겨났는데, 재즈 댄스를 배웠거나 잘 아시는 분이라면 익숙할 만한 지터벅Jitterbug, 섀그Shag, 찰스턴Charleston 같은 춤이 대표적이죠.

1940년대 들어 스윙의 시대도 막을 내렸어요. 스윙의 인기가 떨어진 데는 몇 가지 이유가 있는데요. 먼저 라디오에서 음악이 재생될 때마다 비용을 지불하라는 조건을 내세운 재즈 뮤지션들의 파업이 1942년부터 약 3년 동안 이어진 영향이 컸어요. 제1차 세계 대전도 재즈의 인기가 떨어진 원인으로 꼽히고요. 재즈 뮤지션들은 1950~1960년대에 다시 한번 재기를 꿈꾸지만, 예전만큼 대중적인 인기를 얻지는 못했어요.

몇십 명의 대규모 인원이 필요한 기존의 빅밴드에서 운영이 쉬운 소규모 오케스트라로 트렌드가 바뀌었다는 의견도 있고, 비슷한 무렵에 비밥이라는 서브 장르가 생겨나 유행을 하면서 스윙이 전처럼 주목받지 못했다는 분석도 있어요.

하지만 재즈 씬 안에서 스윙은 여전히 건재합니다. 가장 정통에 가까운 형태로 자리를 굳건히 지키고 있어요. 스윙 음악은 빅 밴드만 고수하던 과거와 달리 소규모의 2인조, 3인조 4인조로도 다양하게 연주되고 있죠.

화려했던 재즈의 시대를 상징하는 스윙 음악은 재즈 히스토리에서 굉장히 중요한 부분이에요. 그래서 현대의 재즈 아티스트들도 그때의 음악을 듣고 공부하고, 지금의 음악에 녹여내려고 해요. 과거의 거장들에게서 영감을 얻기도 하죠. 뉴욕에는 과거의 음악들을 재연하면서 공연을 하는 교육 프로그램도 있어요.

아펠룸 '저니 스루 재즈': 살아있는 재즈 위키피디아

대표적인 프로그램은 링컨센터의 아펠룸Appel room에서 운영하는 저니 스루 재즈Journey Through Jazz 시리즈입니다.

이 프로그램은 링컨센터의 아티스트 디렉터이자 살아있는 재즈 거장 윈튼 마살리스Wynton Marsalis가 기획하고 이끄는 프로그램이에요. 공연을 하면서 과거의 중요한 사건, 중요한 아티스트, 그리고 맞춤 설명까지 준비해서 설명해주는 살아있는 재즈 역사 수업이라고 할 수 있죠.

재즈 스쿨을 다닐 때 재즈의 역사 수업을 들으면서 좋은 사례가 되는 음악을 교수님이 같이 들려주셨었는데요. 그 수업에서는 교수님이 스포티파이로 틀어주셨다면, 이곳에

링컨센터 아펠룸의 저니 스루 재즈 프로그램

서는 직접 연주해 줍니다. 흥미롭고 재미있었어요.

특히 제가 갔던 Part 3에서는 카운트 베이시와 캔자스 시티, 버드 프리맨Budd Freeman과 시카고, 소니 롤린스와 할렘을 엮어서 실제 그 지역 출신들의 연주자들이 과거의 음악을 들려주면서 거장들의 히스토리까지 알려줬어요. 살아있는 위키피디아를 감상하는 느낌이 들었어요.

연주를 감상하며 맨해튼의 야경까지 감상하니, 그날은 제 인생의 일부를 뉴욕에서 공부하며 보낼 수 있다는 게 너무 행복하다는 생각을 했습니다.

뉴욕을 방문하셨을 때, 이 프로그램이 진행되고 있다면 꼭 가보시기를 추천드려요. 가끔은 라이브 연주를 스트리밍하기도 하니, 재즈 앳 링컨센터 웹사이트(https://jazz.org)에서 공연 일정 중 저니 스루 재즈가 라인업에 있는지 확인해 보세요.

아펠룸은 앞서 소개해 드렸던 디지즈 클럽과 같은 건물, 다른 층에 있어요. 정확한 명칭은 Appel Room at Columbus Circle인데, 뉴욕 맨해튼에 위치한 링컨센터의 일부이자 프레데릭 피 로즈 홀Frederick P. Rose Hall에 속한 공연장 중 하나입니다.

디지즈 클럽은 수평적인 테이블 구성으로 무대 위의 연주자들을 살짝 올려다보는 느낌이지만, 높은 유리창에 둘러싸인 아펠룸은 일반적인 공연장처럼 좌석이 계단식으로 되어 있어요. 무대의 연주자들을 내려다보면서 뒤쪽의 아름다운 맨해튼 59가의 도시 야경을 같이 감상할 수 있습니다.

이곳은 클럽이 아니에요. 공연 감상에 포커스를 맞춘 곳이라, 공연 중에 음식이나 주류를 주문할 수 없어요. 하지만 공연장 입구에 작은 음료 부스가 있어서, 맥주 또는 위스키 류를 사서 들어가실 수는 있어요.

We Got Swing

100여 년이라는 시간이 흐르는 동안 재즈 안에서 수많은 파생 장르가 생겨났지만, 경이로울 정도로 스윙은 본연의 자리와 위치를 굳건하게 지키고 있는 느낌입니다. 그만큼 독창적이고, 무엇과도 섞이기 쉽지 않으며, 그 자체로 매력이 강하다는 의미인 것 같아요.

아래의 인용구들을 살펴볼까요? 스윙에 대한 재즈 거장들의 생각이 담긴 표현들이에요.

- 스윙이 없다면, 아무 의미 없어.(It don't mean a thing, if it ain't got the swing.) – 듀크 엘링턴

- 스윙은 명사가 아니라 형용사고, 동사입니다. 모든 재즈 뮤지션들은 스윙을 해야만 해요. 음악에서 '스윙 밴드'란 있을 수 없죠.(Swing is an adjective or a verb, not a noun. All jazz musicians should swing. There is no such thing as a 'swing band' in music.) – 아티 쇼Artie Shaw

- 전 어떤 이가 보라색이고 초록색 숨을 쉰다고 해도 신경 안 써요. 그가 스윙을 하는 한 말이에요.(I don't care if a dude is purple with green breath as long as he can swing.) – 마일스 데이비스

단순히 연주를 잘 하고 있는지가 아니라 스윙을 제대로 이해하고 있는지, 진심으로 존중하는지, 스윙에 흠뻑 빠져 있는지를 말하고 있죠. 스윙의 흥을 얼마나 중요시하는지 알 수 있는 대목이에요.

재즈 연주자가 제대로 된 스윙을 구사했을 때 "He(She) got swing"이라고 말하곤 하는데요. 스윙을 대하는 재즈 뮤지션들의 이러한 마음가짐은 진정한 스윙 연주와 그 안에 담긴 흥을 인정하고 존경한다는 의미를 담고 있는 것 같습니다.

물론 그만큼 제대로 연주하기 힘들고 어려운 장르이기도 하고요. '튜닝의 끝은 순정' 누군가 했던 말처럼, 저도 다양하게 파생되고 여러 장르가 섞인 새로운 재즈를 심취해 듣다가도 결국에는 스윙을 다시 찾아 듣는 시기가 항상 돌아오더라고요.

여러분도 한번 정통 스윙의 매력에 푹 빠져 보시길 바라요.

이번에도 플레이리스트를 가져왔어요. 스윙 필이 가득한 음악들이에요. 같이 감상하면서 우리 같이 스윙해봐요!

- 스윙 플레이리스트

- 아펠룸

10 Columbus Cir, New York, NY 10019

https://www.lincolncenter.org/venue/the-appel-room

6

재즈의 낭만적인 분위기를
좋아하세요?

라라랜드: 재즈를 사랑하는 사람들의 재즈 이야기

재즈는 알고 싶지만 어렵게 느껴지고, 힙하고 자유로운 것 같다가도 고리타분하고 낡은 것으로 보이기도 하는 장르입니다. 그래서 많은 분들이 어떻게 재즈에 입문해야 할지, 어디부터 관심을 가져야 할지 막막해하시죠.

그럴 때 영화가 도움이 되는 경우가 많아요. 좋아하는 배우, 재미있는 스토리에 빠져 있다가 자연스럽게 재즈 음악을 접하게 되는 거죠. 공연장에서 실제로 연주를 듣는 것도 좋은 계기가 되는 것 같고요. 공연장의 분위기, 연주자의 에너지가 느껴지는 현장에서 재즈에 입문하시는 분들이 많아요.

이번엔 어렵지 않게, 오감을 자극하면서 우리를 재즈의 세계로 초대하는 영화와 뉴욕의 재즈 바에 대해 이야기해 보려고 해요.

먼저 영화 이야기부터 해봐요. 여러분은 재즈 영화 하면 어떤 영화가 떠오르시나요? 저는 많은 영화 중에서도 「라라랜드」가 먼저 떠오릅니다. 재즈 뮤지션의 일생을 보여주는 현대 영화들은 종종 있었지만, 이 영화만큼 로맨스 속에서 재즈를 잘 풀어낸 작품은 드문 것 같아요.

감독 데미언 샤젤^{Damien Chazelle}은 1985년 미국 동부 로드 아일랜드주의 프로비던스에서 태어났어요. 뉴저지의 프린스턴에서 대부분의 어린 시절을 보냈다고 하죠. 어렸을 때부터 재즈 음악에 관심이 많았는데 고등학생 때는 재즈 드러머를 꿈꾸기도 했대요.

드러머로 학교 밴드에 지원해서 엄격한 선생님께 지도를 받았었는데, 그때의 경험으로 영화 「위플래쉬」의 플레처 교수 역할이 탄생됐다고 해요. 하지만 위플래쉬의 주인공과 달리, 샤젤은 드러머로서 성공하기 힘들겠다고 빠르게 판단하고, 하버드대 시각환경과로 진학하게 됩니다.

대학 졸업 후 로스앤젤레스로 이사한 샤젤은 한 프로덕션에서 영화 「위플래쉬」의 대본을 수정하기 시작했는데요. 그의 표현에 따르자면 "너무나도 개인적인 이야기인 것 같아 꽁꽁 숨겨두고 싶었던" 그 대본이 2012년 한 영화 리스트에서 그해 최고의 미공개 영화로 소개됩니다. 이것이 기회가 되어 메이저 제작사의 연락을 받게 되죠. 이렇게 투자를 받아 18분짜리 단편 영화를 제작하는데요. 이 영화가 굉장히 반응이 좋아 장편 영화 제작 투자까지 받게 돼요.

2014년, 마침내 「위플래쉬」가 정식으로 개봉하게 되었습니다. 그는 이 영화로 각색상을 포함 5개 부문에서 오스카상 후보에 올라요. 감독으로서의 역량을 인정받은 샤젤은 투자자들의 지지를 받아 그토록 완성하고 싶었던 오늘의 주인공 「라라랜드」까지 제작할 수 있게 됐어요.

사실 「라라랜드」는 샤젤이 이미 대학 시절에 대본을 완성한 작품이에요. 로스엔젤레스로 거처를 옮겨온 이유도, 이 영화의 투자자를 찾기 위해서였고요.

「라라랜드」는 미국의 로스앤젤레스를 배경으로 재즈 피아니스트로서의 성공을 꿈꾸는 남자 주인공 세바스천과 배우가 되기를 원하는 여자 주인공 미아의 사랑을 다루는 영화예요. 세바스천이 재즈 피아니스트라는 직업을 가져서일 수도 있고, 감독의 재즈 사랑이 영화에 반영되어서일 수도 있겠지만, 이 영화는 음악 영화, 그중에서도 특히 재즈 영화로 분류돼요.

영화는 2016년 베네치아 국제 영화제 개막식에서 처음 상영된 후, 많은 사랑과 극찬을 받았어요. 이 영화를 통해 샤젤은 32살이라는 젊은 나이에 골든 글로브상과 아카데미 감독상 등 최고의 영예를 안게 되었죠.

재즈를 이해했을까? 악용했을까?

샤젤은 어렸을 때부터 좋아한 재즈 음악에서 영감을 받아 본인이 가장 하고 싶었던 일인 영화에 생명력을 불어넣었습니다. 재즈는 그의 영화에서 시그니처 캐릭터처럼 쓰이고 있어요. 비슷비슷한 작품들이 많은 음악 영화 시장에서 샤젤의 영화는 눈에 띕니다. 높은 재즈 이해력과 연출 능력이 결합되면서 단순한 음악 영화 이상의 무언가가 되었는데요. 청각, 시각을 모두 자극하는 예술적인 상업 영화라고 평가할 수 있을 것 같아요.

그런데 이런 견해도 있었습니다. 『뉴욕타임스』는 '라라랜드는 재즈를 제대로 이해했을까? 아니면 악용했을까?(Does 'La La Land' Get Jazz, or Exploit It?)'라는 헤드라인으로 이 영화를 냉정하게 평가하기도 했어요.

실제로 미국 음악계에선 상업적으로 뛰어난 감각을 가진 백인 영화 감독이 재즈를 '악용'했다는 주장도 있어요. 감독인 샤젤이 재즈를 흥행의 도구로 사용하고 있다는 것이 큰 이유 중 하나예요. 사실 예전부터 할리우드에서는 재즈 음악을 모티브로 흥행에 성공한 영화들이 많았어요. 그래서 재즈의 요소가 가미되었을 때, 흥행 가능성이 크다는 사실을 알아챈 영리한 백인 감독이 흑인의 역사가 담긴 재즈를 이용했다고 주장하는 거죠.

　두 번째로, 영화에서 재즈를 활용해 인종 차별을 한다고 주장하는 사람들도 있죠. 세바스천이 활동하는 밴드 '메신저스'에서 엉망진창인 하이브리드 재즈를 연주하는 키스 역을 흑인이 맡았다고 비판합니다. 전작인「위플래쉬」는 재즈를 핵심 소재로 쓰는 듯하지만, 실상은 흥미 요소로만 쓸 뿐이라고 지적해요. 결국 주제는 백인 남성의 성장기 아니냐는 거죠.

　NBA의 전설적인 스타이자 문화 평론가인 카림 압둘 자바Kareem Abdul-Jabbar는 샤젤이 감독으로서 원하는 영화를 제작하는 것은 문제가 되지 않지만, 역사적으로 흑인의 문화에서 파생된 재즈를 백인 감독과 백인 배우로 설명하는 건 아이러니라고 꼬집었어요.「라라랜드」를 비롯한 할리우드 영화에서 여성, 유색 인종, 장애인 등을 대변하는 인물이 없는 현실을 비판하면서요.

　하지만 이 영화가 재즈에 대한 공감대를 끌어내는 역할

을 했다는 건 무시할 수 없습니다. 영화는 재즈에 대한 현대인들의 인식을 잘 드러내면서 관심을 끌어내고 있어요. 여주인공 미아는 세바스천에게 "I hate jazz"라고 말하죠. 재즈를 어렵기만하고 흥미롭지 않다고 생각하는 많은 사람들을 대변하고 있어요. 결국 이런 인식이 재즈의 현주소라는 걸 인정하면서, 재즈의 매력을 보여주고 관객을 설득해 나갑니다.

「라라랜드」덕분에 재즈에 관심을 갖는 사람이 늘었다는 것은 명백한 사실입니다. 다양한 대화 장면 속에서 델로니어스 몽크, 존 콜트레인, 케니 클라크^{Kenny Clarke} 등 레전드 재즈 뮤지션들이 등장하는데요. 영화를 감명 깊게 보신 분들이라면 '실제 뮤지션일까?', '저 아티스트는 어떤 음악을 연주했을까?' 궁금해할 정도로 묘사가 잘 되어 있어요. 물론 사실에 기반해서요. 예를 들면 세바스천이 존경하던 델로니어스 몽크는 과거에 센세이셔널한 작곡과 피아노 스타일로 급진적인 뮤지션이라 불렸습니다.

영화에서 조금 아쉬웠던 부분이 있었는데요. 재즈에 흥미가 없는 미아를 설득하기 위해 세바스천이 데려간 어느 재즈 클럽에서 미아는 이런 직접적인 질문을 해요. "그럼 케니지는 어떻게 생각해? 케니지 같은 엘리베이터 음악(스무스 재즈). 내가 아는 재즈 음악 말이야." 그런데 이때 세바스천은 정확히 대답하지 않아요. 재즈 순수주의자인 세바스천(또는 감독)은 할 말이 많았을 거예요. 영화라는 한계 때문에 대답을 못 한 것인지 아니면 캐릭터 자체의 한계인지 알 수 없지만, 미아의 질문은 오늘날 많은 사람들이 갖는 많은 의문을 담고 있다고 생각해요. 이런 부분을 세바스천이 잘 설명했다면, 재즈를 더 잘 해석할 수 있지 않았을까 싶기도 해요.

영화가 개봉하고 나서, 당시 재즈를 전공하고 있던 저는 '전공자로서 영화를 어떻게 생각하느냐'는 질문을 종종 들었어요. 저는 이 영화가 자칫 고전적인 것, 고리타분한 것으로 느껴지기도 하는 전통 재즈를 작가 특유의 미장센과 극적인 연출로 세련되게 표현했다고 생각해요. 한마디로 영화가 재즈를 약간은 '힙'하게 만들어줬다고 생각했어요. 감독이 재즈에 관심이 많은 것도 사실이고, 그런 본인의 취향을 잘 녹여 영화를 만든 똑똑한 사람이라고 생각했어요. 마치 내가 어렸을 때 관심이 있어 열심히 고민하고 공부했던 분야가 대학교에 와 보니 때마침 학계에서 주목받고 연구 자금이 잘 나오는 주제라 석사, 박사까지 탄탄대로를 달리고 마침내 노벨상까지 탄 과학자 같기도 했죠. 운과 실력을 겸비한 천재적인 작가이자 감독이라는 사실은 부정할 수 없다고 생각해요.

클럽 장고: 트렌디하고 힙한 재즈 바

정통 재즈를 추구하는 사람들에게는 아쉬움을 줬지만, 새로운 재즈 팬을 만들어 냈다는 점에서 영향력이 컸던 이 영화와 닮은 재즈바가 뉴욕에 있습니다. 클럽 장고라는 이

클럽 장고 입구

경험들 6 - 재즈의 도시

름의 힙한 바예요.

클럽 장고는 맨해튼에서 아래쪽, 로워 맨해튼에 위치하고 있어요. 조금만 내려가면 금융의 중심지 월스트리트도 있고요. 이 지역을 금융 지역Financial district라고도 하는데, 뉴욕 로컬들은 이 단어조차 줄여서 파이다이Fi-di라고도 불러요. 근처로 조금만 걸어가면 또 패션의 중심지 소호가 있어서, 낮에 관광을 하다가 저녁에 들리기도 좋은 곳이에요.

이 지역의 록시Roxy 호텔 지하에 장고가 있어요. 일단 분위기는 말할 것도 없이, 고급스럽고 팬시해요. 왠지 '드레스업'하고 와야 할 것 같은 그런 격식 있는 인테리어예요. 지하로 내려가서 들어가는 입구에는 붉은 카펫 같은 재질의 천이 늘어뜨려져 있어서, 이 곳을 지나가면 다른 세상에 온 것 같은 기분도 들어요. 소셜미디어 좋아하시는 분이라면 '여기서 사진 꼭 찍어야지!'하는 포인트가 아주 많아요. 인스타그래머블instagramable하다는 표현이 딱 어울리는 곳이에요.

홈페이지에 들어가시면, 시간대 별로 라인업을 확인해 인원 수에 맞게 자리를 예약할 수 있어요. 커버 차지는 1인당 35달러예요.

'크리스마스엔 재즈지!'라고 외치는 친구에게 소개도 해 줄 겸, 저의 궁금증도 해소할 겸, 장고에 갔습니다. 친구는 너무 만족스러워했어요. '행복하다, 예쁘다, 좋아!'를 연발했어요. 사진도 엄청 많이 찍었어요. 장고 안에 있는 사람들도 다들 행복해 보이고 또 데이트를 하는 연인들도 많이 보여

록시 호텔 1층 내부

클럽 장고의 공연 무대

서, 분위기 내는 곳으로 좋다는 생각을 했어요.

물론 친구와 함께하는 시간이 행복하고 좋았지만, 저는 사실 실망했어요. 외관과 인테리어에 신경 쓰는 만큼 음향에도 신경을 썼으면 좋았을 텐데, 밸런스가 잡히지 않은 사운드 시스템이 일단은 당황스러웠어요. 라인업도 아쉬웠어요. 크게 구분 지어 재즈는 맞지만, 일반 팝 음악에 재즈 느낌이 살짝 있는 곡 구성의 밴드와 보컬이 그날 라인업이었거든요. 공연이 끝나갈 때쯤에는 보컬의 목이 많이 상해서, 보는 저의 마음이 안타까울 지경이었죠.

그런데 왜 이 장소를 소개하고 추천하느냐고 물으신다면, 분위기 만큼은 재즈를 처음 접하시는 분들에게 너무 매력적으로 느껴질 만한 트렌디한 장소이기 때문이에요. 라인업과 음향 상태는 바뀔 수 있는 부분이니까 저의 개인적인 경험이 이곳의 특징이라고 단정지을 수도 없고요.

재즈를 평가절하했다고 곱지 않은 시선으로 보는 사람도 있지만, 재즈에 대한 관심을 일으킨 대표적인 재즈 영화이기도 한 「라라랜드」처럼요. 이 영화가 훗날 어떻게 평가될 것인지는 아직 아무도 알 수 없겠죠. 재즈 클럽 장고도 앞으로 어떻게 평가가 될지는 또 모르는 일 아닐까요?

그래서 저는 뉴욕 재즈의 분위기와 낭만을 놓치지 않으면서 화려하고 특별한 재즈 클럽을 찾으신다면 이곳을 추천할 것 같아요.

영화에 등장한 재즈 음악들, 그리고 영화의 주인공이었

던 재즈 아티스트들의 음악을 모아서 플레이리스트를 만들어 봤어요. 이 가운데 여러분이 좋아했던 음악이 있나요?

- 영화와 재즈 플레이리스트

- 더 장고
  2 6th Avenue The Roxy Hotel, Cellar Level,
  New York, NY 10013
  thedjangonyc.com

7

뉴욕의 재즈를 느끼려면
할렘으로 가라

할렘 르네상스

저는 뉴욕 웨스트 할렘에 있는 학교에 다니고 있어요. 그래서 할렘은 저에게 친숙한 곳이에요. 학교 기숙사에 살고 있는데, 업타운 121가에서 미드타운을 내려다보는 재미도 있고, 또 학교 바로 앞에 허드슨 리버를 따라 예쁜 공원들도 있어서 산책하기도 좋아요. 좋아하는 스포츠인 테니스를 즐길 수 있는 코트도 바로 앞에 있어서 '할렘살이'에 굉장히 만족하고 있어요.

할렘은 재즈와도 밀접한 연관이 있어서 저에게 더 특별한 것 같아요. 재즈에 대해 역사적으로 이해하려면 먼저 할렘을 알아야 해요. 이름만 들으면 무섭고 위험할 것 같은 지역이지만, 사실 생각보다 다양한 식당과 역사적인 장소까지 있어서 낮시간대에 관광으로 방문해 보기에는 나쁘지 않은 곳이에요.

먼저 위치 이야기를 해볼게요. 많은 분들이 이미 아시겠지만, 뉴욕은 계획 도시여서 숫자로 된 스트리트 넘버와 애비뉴 이름을 알면, 이 도로들을 X축 Y축으로 삼아 어디든 위치를 특정해서 찾아가기가 쉬워요. 할렘을 지리적으로 생각해본다면 맨해튼을 기준으로 110가 위쪽이 할렘이라고 생각하시면 돼요.

할렘이 맨해튼의 북쪽이라는 사실을 알았으니, 다음은 동, 서를 구분해 볼게요. 개인적인 생각이지만 할렘의 동쪽과 서쪽은 분위기가 굉장히 달라요. 아무래도 서쪽, 웨스트

할렘은 컬럼비아 대학교와 맨해튼 음대, 그리고 뉴욕 시립 대까지 크고 작은 학교 건물들이 넓게 자리하고 있어서 그런지, 비교적 안전한 편이에요. 그런데 동쪽의 이스트할렘은 치안이 좋지 않은 편이에요. 그렇다고 해서 사람이 다니지 못하거나 거주하지 못할 곳은 아니고, 너무 늦게 한적한 곳을 가지만 않는다면 충분히 언제든 거리를 활보할 수 있는 정도입니다.

그렇다면 역사적으로 할렘과 재즈는 어떤 연관이 있을까요? 사실 뉴욕의 할렘은 재즈 역사와 문화의 중심지였어요. 큰 세가지를 꼽아보자면, 할렘 르네상스, 듀크 엘링턴, 그리고 아폴로 씨어터가 있을 것 같아요.

할렘 르네상스는 1920년대와 1930년대에 아프리카계 미국인의 문화와 예술과 재능이 할렘에서 활발하게 발휘되었던 시기를 말하는데요. 이 때 흑인 문화에 뿌리를 둔 재즈 음악이 할렘에서 중요한 역할을 했어요. 듀크 엘링턴은 할렘에서 활동했던 재즈 음악의 거장 중 한 명인데, 재즈 음악의 현대적인 스타일과 크리에이티브한 작곡으로 유명해요. 마지막으로 아폴로 씨어터는 지금도 운영 중인 공연장입니다. 많은 재즈 가수와 밴드들이 이곳에서 공연을 했어요. 빌리 할리데이Billie Holiday, 엘라 피츠제럴드, 루이 암스트롱, 카운트 베이시 등 전설적인 아티스트들이 공연을 하기도 했고요. 우리 모두에게 익숙한 마이클 잭슨Michael Jackson도 여기서 데뷔 공연을 했다고 해요.

여성 재즈 피아니스트 겸 작곡가 메리 루 윌리엄스(왼쪽에서 세 번째)를
소개하는 글이 악보에 쓰여 있다.

할렘 르네상스 시대의 클럽 위치를 보여주는 그림 지도

경험들 6 - 재즈의 도시

국립 재즈 박물관: 작지만 빼놓을 수 없는 재즈 명소

할렘과 재즈가 깊이 관계를 맺고 있어서인지 국립 재즈 박물관도 할렘에 있어요. 여러분께 재즈 박물관과 그 근처에서 가보시면 좋을 식당들을 소개해드리려고 해요.

가장 가까운 길을 설명해 드릴게요. 붉은색 지하철 라인의 익스프레스 2번 또는 3번을 타신 후 125가 역에 내리면 걸어서 5분 거리예요. 2~3시간 공강이 생기는 때가 있어서 그동안 한 번 방문해 봐야지 벼르고 있었던 국립 재즈 박물관을 드디어 다녀왔어요.

놀랐던 건 박물관이 목, 금, 토 12시와 5시 사이에만 문을 연다는 거였어요. 웹사이트로 미리 찾아보니 다양한 공연과 재즈 커뮤니티 행사 등 일정이 많아서 그런 것 같더라고요. 제가 방문하기 한달 전에 코린 베일리 래^{Corinne Bailey Rae}가 이 박물관에서 공연도 했다는 사실을 뒤늦게 확인하고는, 놓쳐서 너무 아쉽다는 생각을 했어요. 유명한 재즈 베이시스트 크리스천 맥브라이드^{Christian McBride}가 박물관 예술 감독을 하고 있다는 사실에 굉장히 기대가 되기도 했고요.

입장료는 무료예요. 뮤지엄의 크기가 작고 1층뿐이라는 사실에 좀 놀랐습니다. 그럼에도 볼거리는 꽤 있어요. 실제로 연주자들이 썼던 악보, 피아노 그리고 화려했던 할렘 르네상스 당시의 그림 지도도 볼 수 있었어요. 안쪽에서 열리는 전시는 기획 전시 형태로 매달 다른 아티스트들의 작품을 소개하는데요. 재즈 같은 흑인 문화와 관련된 예술 작품을 전시한다고 해요.

아기자기하게 잘 꾸며져 있고 다양한 공연과 커뮤니티 행사도 있어서 일정에 맞춰서 박물관에 가시면 좋을 것 같아요. 이 박물관만을 위해서 할렘에 오시는 건 조금 아쉬울 것 같고요. 할렘의 역사를 직접 느끼고 거리를 걸어보기를 원하신다면, 할렘을 관광하면서 들르기에는 괜찮은 장소라는 생각이 들어요.

실비아, 레드 루스터: 할렘의 소울을 담은 식당들

이런 생각을 한 더 중요한 이유가 있어요. 바로 유명한 식당 두 곳이 박물관 앞에 있기 때문이에요! 식당의 이름은 실비아Sylvia's와 레드 루스터Red Rooster입니다. 미국의 전 대통령 버락 오바마도 이 두 곳을 다녀갔을 정도로 유명한 식당인데요. 한국의 요식업 사업가 백종원씨도 실비아를 방문해 유튜브 영상을 찍으셨더라고요.

이 두 식당의 특징은 미국 남부의 흑인 음식, 소울 푸드가 모티브라는 점인데요. 한국인에게는 생소할 수 있는 치킨과 와플을 같이 먹는 메뉴가 있어요. 저는 조금 더 현대적이고 탁 트인 분위기였던 레드 루스터가 좋았지만, 아늑하고 따뜻한 느낌의 미국 남부 느낌의 분위기를 느껴보고 싶으시다면 실비아를 추천해요. 두 곳에서 다 맛있게 먹고 온 기억이 있어서 어디를 가셔도 후회하지는 않으실 거예요.

할렘 르네상스 시대의 화려함이 그대로 남아있지는 않

지만, 역사적인 장소를 방문하는 것 자체로 재즈에 더 깊이 빠져드는 듯한 느낌이 들어요. 할렘에 들르셔서 아폴로 씨어터를 보시고, 점심도 먹고, 박물관도 가고 다시 거리로 나와 걸어보시면 반나절 약간 안되는 시간을 알차게 보낼 수 있을 거예요.

할렘을 주제로 한 음악들을 모아봤어요. 할렘의 거리를 음악으로 느껴보세요.

- 할렘을 주제로 한 음악들

- 국립 재즈 박물관
  58 W 129th St Ground Floor, 2203, New York, NY 10027
  http://jazzmuseuminharlem.org/

- 실비아
  328 Malcolm X Blvd, New York, NY 10027
  http://www.sylviasrestaurant.com/

- 레드 루스터
  310 Lenox Ave, New York, NY 10027
  https://www.redroosterharlem.com/

음악에도 차별이 있다

재즈 하는 뉴욕의 한국인

한국의 재즈 문화가 성장했다는 걸 많이 느낍니다. 지난 몇 년간 여러 재즈 페스티벌이 생겨났죠. 자라섬 재즈 페스티벌 같은 몇몇 재즈 행사는 거의 20년 가까이 꾸준히 개최되며 안정기에 접어든 것 같아요.

이따금씩 온라인에 노출되는 재즈 관련 콘텐츠, 카페에 가면 들려오는 재즈 음악 등을 생각해 보면 알게 모르게 우리 일상 속에 이미 재즈가 들어와 있는 것 같기도 하고요. 지금까지 한국인은 성장 과정에서 재즈를 접할 기회가 많이 없었지만, 새로운 세대는 다른 것 같아요. 원하는 정보를 스스로 찾을 수 있고, 북미나 유럽에서 발매된 앨범이라 해도 쉽게 손에 넣을 수 있죠. 또 집에서 멀지 않은 곳에서 열리는 재즈 페스티벌에도 갈 수 있게 됐어요.

최근엔 한국의 대중 가수와 재즈 아티스트의 컬래버레이션도 점점 늘어나는 추세인데요. 재즈가 점점 일상으로 다가오고 있다는 것을 보여주는 것 같아요. 가수 백예린, 자이언티, 10CM, 이진아는 재즈 피아니스트 윤석철과 함께 앨범 작업이나 공연을 했죠. 재즈 피아니스트 송영주도 아이돌 그룹 엑소 멤버인 수호, 성시경, 나윤권, 박재정, 정준일 등 다양한 대중 가수들과 협업했고요. 재즈에 정체성을 둔 선우정아도 아이유, 에이핑크 정은지, 샤이니 온유 등과 다양한 방식으로 컬래버 작업을 하고 있죠.

이렇게 한국의 재즈 문화가 발전하고 있지만, 사실 한국인이 재즈 음악을 한다는 게 쉬운 일만은 아닙니다. 음악의 장르와 악기에도 인종적, 성별을 둘러싼 차별적 고정 관념이 있다는 것, 알고 계신가요? 저의 연구 주제 중 하나가 이 음악에 대한 고정 관념이에요. 신기하게도 (또는 당연하게도) 재즈는 흑인이 연주할 것이라는 막연한 고정 관념이 있죠. 피아노는 동양 문화권에서는 여자 악기라는 고정 관념이 있는데, 반대로 서양 문화권에서는 남자 악기라는 고정 관념이 있어요. 음악의 고정 관념은 지난 50년 동안 미국에서 활발하게 연구되고 있는데요. 점점 줄어들고 있는 추세지만, 선입견은 무의식적으로 큰 영향을 주고 있어요. 특정 인종이나 성별 정체성을 갖고 있는 사람들이 악기를 배우고 연주할 기회조차 빼앗기기도 합니다.

그래서 재즈가 활발한 뉴욕을 기반으로 음악하는 한국 뮤지션들이 더 멋지다고 생각합니다. 재즈는 역사적으로 차별받았던 흑인들의 음악이잖아요. 또 다른 소수 인종 또는 문화적 배경을 가진 사람들이 재즈를 연주하고 해석할 때, 재즈가 상징하는 문화적 다양성과 평등의 가치가 극대화되는 것 같아요. 지금은 다양한 문화적 배경을 가진 사람들이 재즈를 점점 재즈를 많이 하는 추세이기도 하고요.

메즈로우: 로맨틱한 로컬 재즈클럽

견고한 차별의 벽을 뛰어넘으며 뉴욕에서 활발히 활동 중인 한국 여성 재즈 피아니스트 네 분을 소개해 드리면서,

클럽 메즈로우 입구

경험들 6 - 재즈의 도시

작고 아담하지만 전통적인 분위기가 있는 재즈 클럽 메즈로우Mezzrow로 가보려고 합니다.

메즈로우는 그리니치 빌리지에 있습니다. 맨해튼을 기준으로 아래쪽에서 살짝 서쪽으로 치우친 지역이에요. 근처에 재즈 클럽도 많고 식당도 많아서, 낮이든 밤이든 거리를 걸으며 구경하기 좋아요. 저는 이 근처의 블리커 스트리트Bleeker Street를 좋아하는데요! 동네도 깔끔하고 예쁘고 분위기 좋은 브런치 식당도 많지만, 작은 가게들이 하나하나 줄지어 있어요. 북적북적한 소호보다 매력적이에요.

메즈로우로 들어가볼까요? 지하에 있는 작고 아담한 공간으로 들어서면 짧고 좁은 통로가 있어요. 그 오른쪽 바를 지나 살짝 더 들어가면 아주 귀여운 무대가 있습니다.

클럽 메즈로우는 재즈 클라리넷 연주자인 메즈 메즈로우Mezz Mezzrow의 이름에서 따 왔어요. 역사는 생각보다 짧은데요. 2014년 9월에 오픈했어요. 아직 운영한 지 10년도 안 됐죠. 하지만 입지는 대단해요. 1994년에 문을 연 스몰즈Smalls라는 유명 재즈 클럽의 동생 격으로, 같은 사람이 운영하는 클럽이기 때문이에요. 두 클럽은 웹사이트도 같이 쓰고 있어요.

공간의 바이브나 분위기도 비슷해요. 메즈로우가 좀 더 로맨틱하고 코지한 느낌이 있죠. 이탈리안 스타일의 대리석 바닥재를 썼고, 바의 모양이 아주 특이하고 예뻐요. 나중에 찾아보니 이런 바의 모양이 금주령 시대의 마호가니 바 스

아담하고 아늑한 클럽 메즈로우 내부

경험들 6 - 재즈의 도시

타일이라고 하더라고요.

안에 있는 테이블들이 넓지 않은데, 오히려 연인들이 앉아서 속삭이는 모습을 볼 수 있는 아주 로맨틱한 분위기예요. 무대가 작고 아담하다 보니, 연주자들의 연주를 굉장히 가까이에서 볼 수 있다는 점도 매력인 것 같아요.

티켓 가격은 35달러예요. 커버 차지는 따로 없지만 1인당 음료를 하나 주문하는 것이 필수였어요. 클럽의 분위기, 공연의 퀄리티, 비용을 고려하면 전반적으로 합리적이라는 느낌이 들었습니다.

상업적인 분위기의 재즈 클럽은 아니고, 로컬 클럽의 분위기를 느낄 수 있는 곳이에요. 워크인도 가능하고 홈페이지에서 미리 예약도 가능하니까, 뉴욕에서 데이트 장소를 찾고 계신다면 이 곳도 좋을 것 같아요.

박소영 : 희망과 사랑이 담긴 피아노

저는 메즈로우에서 뉴욕과 한국을 오가며 활발하게 음악 활동을 하고 있는 여성 재즈 피아니스트를 만났어요. 재즈 피아니스트 겸 보컬리스트인 박소영입니다.

한국에서 학부 때 심리학을 공부했는데, 음악에 대한 관심으로 자연스럽게 버클리 음대와 맨해튼 음대에 진학했다고 해요. 저는 이날 듣게 된 박소영의 오리지널 곡들이 너무 좋았어요. 좋은 날이 올 것이라는 희망이 담긴 메세지, 그리고 사랑하는 사람을 향한 마음이 담긴 곡들이 피아노 연주에 담겨서 메즈로우를 꽉 채웠어요.

특히 피아노와 보컬을 함께 전공한 분이라 즉흥 연주를 할 때는 피아노를 치면서 그 음을 스캣으로 함께 노래하는데 보고 듣는 재미가 있어서 즐거운 공연이었어요. 그리고 무엇보다 어머니로서, 학교에서 강의를 하는 교육자로서, 뮤지션으로서의 다양한 역할을 모두 해내신다는 것이 굉장히 경이롭게 느껴졌습니다. 박소영의 앨범들은 모두 좋지만, 2023년에 발매한 앨범 『비하인드 더 클라우즈Behind the clouds』의 음악들이 특히 좋았어요.

유하영: 디테일과 세밀한 다이나믹

두번째로 소개드릴 뮤지션은 유하영입니다. 유하영은 버클리 음대와 뉴잉글랜드 콘서바토리에서 재즈 피아노를 전공했어요. 현재는 뉴욕에서 다양한 뮤지션들과 활발하게 연주자로 활동하고 있는데, 본인의 앨범인 『메타모포시스Metamorphosis』를 2020년에 발매했어요. 따뜻한 베이스 클라리넷과 피아노 연주가 너무 잘 어울리는 음악이에요. 피아니스트의 앨범이지만 다른 악기들과의 밸런스가 너무 절묘해서 신경 써서 준비한 영화를 한 편 보는 것 같은 느낌이 들었어요.

건반 터치 소리가 표면적이지 않고 입체적으로 들렸는데요. 아티큘레이션articulation(연속되고 있는 선율을 작은 단위로 구분하여 각각의 단위에 특정한 형태와 의미를 부여하는 연주 기법)이 잘 느껴져서 신기했어요. 연습을 많이 하는 피아니스트라는 느낌, 그래서 음악적으로 굉장히 치밀한 느낌도 있어요. 특히 이 앨범은 한 곡 한 곡 다이나믹을 세밀하게 쌓아올린 유하영의 디테일과 꼼꼼한 성격이 돋보이는 앨범이에요. 또 스타일에서 카리스마와 시크함도 동시에 가지고 있는 신비한 뮤지션이라는 느낌이 들었어요.

김수경: 클래식하면서도 현대적인, 기분 좋은 기대감

다음으로 소개드릴 뮤지션은 김수경입니다. 김수경은 뉴욕 주립대와 뉴욕대에서 피아노와 작곡을 전공하고 뉴욕을 베이스로 활발하게 활동 중이에요. 김수경도 2020년에 개인 앨범 『라일락 힐Lilac Hill』을 발매했는데요. 김수경의 음악은 특히 시작할 때, 기분 좋은 기대감이 드는 음악들이 많아요. 설레고 기분 좋은 느낌이 드는 건 왜일까 궁금해질 정도로요. 앨범 이름이 라일락 힐이라는 걸 생각해 보면 이런 감정 표현에 중점을 둔 것 같기도 해요.

저는 특히 이 앨범의 곡 「캘리포니아California」의 즉흥 연주가 너무 좋았어요. 과거를 회상하는 무드에서 약간의 클래식한 비밥 스타일이 느껴지면서도 현대적인 세련미를 잃지 않는, 그러면서도 한 곡의 중심을 잘 이끌어가는 부드러운 카리스마가 느껴져서 굉장히 듣기 좋았어요. 앞으로도 기대되는 뮤지션입니다.

소은하: 자신감 넘치는 당당함

마지막으로 소개드리고 싶은 뮤지션은 소은하입니다. 소은하는 콜로라도와 뉴욕에서 재즈를 공부하고, 뉴욕에서 활발하게 연주를 하고 있어요. 2019년에 앨범 『레미니센스 Reminisence』를 발매하면서 블루노트, 디지즈 클럽 등 다양한 곳에서 연주를 했어요. 저는 이 앨범에서 「레드 록스 앳 나잇 Red Rocks at Night」을 가장 좋아하는데요. 전반적으로 펑키하면서도 트럼펫 솔로가 잘 어우러져서 눈을 감고 들으면 뉴욕의 밤 거리가 자연스럽게 그려져요.

자신감 넘치는, 당당한 여성 재즈 뮤지션의 느낌이 있는 앨범입니다. 제 개인 연구를 하면서 직접 인터뷰할 기회가 있었는데, 탄탄한 철학과 마인드셋을 느낄 수 있었어요. 음악은 소통과 교류의 매개가 된다는 점, 그리고 꼭 같은 문화가 아니더라도, 소수 문화의 음악으로 우리가 하나 될 수 있다는 점, 마지막으로 그것이 음악과 음악 교육이 있는 이유라고 말씀해 주셨죠.

네 분은 주로 뉴욕에서 활동하지만, 한국도 자주 방문하고 있어요. 곧 재즈 클럽에서, 음악 프로그램에서 마주하실 수 있을 것 같아요. 저는 좋아하는 아티스트의 소셜미디어를 팔로우하면서, 가까운 곳에서 공연을 할 때는 직접 가보곤 해요. 가까운 곳에서 공연을 할 때는 괜히 설레기도 하고요. 이 세 분의 공연을 언젠가는 한국에서도 보고 싶어서, 팔로우 중이랍니다. 여러분도 관심 있는 뮤지션을 팔로우하시면서, 기회가 왔을 때 '재즈 약속'을 잡아보시는 것, 어떠세요?

- 한국의 여성 재즈 피아니스트 플레이리스트

- 클럽 메즈로우

  163 W 10th St, New York, NY 10014

  https://www.smallslive.com/

문화와 스타일이 만났을 때

로파이: 낡은 듯한 저음질 사운드

여러분은 공부하거나 일에 집중할 때, 음악을 틀어놓으시나요? 제 주변에는 재즈나 재즈 힙합을 들으면서 일하는 분들이 생각보다 많아요. 배경 음악처럼 틀어놓으면 집중이 더 잘된다고 하죠. 저도 청소나 짐 정리, 논문 레퍼런스 목록화 작업처럼 단순한 일을 컴퓨터로 할 때 이런 플레이리스트를 틀어놓는 편이에요.

'재즈 힙합 플레이리스트'나 '일할 때 듣는 로파이Lo-Fi' 같은 제목으로 유튜브, 스포티파이에서 인기 있는 음악들이 많은 걸 보면, 저와 비슷한 분들이 많으신 거겠죠?

로파이는 낮은 품질(여기서는 음질을 의미해요)을 뜻하는 Low Fidelity의 줄임말이에요. 반대로 하이파이High Fidelity는 높은 품질, 즉 고음질을 뜻하는 거고요. 가끔 음악을 듣다 보면 레코드판으로 틀어주는 것처럼 '지지직' 잡음 소리가 함께 들리거나, 사람들의 대화 소리 혹은 대중교통이 오가는 도로의 소음이 함께 녹음된 듯한 곡들이 있죠? 낡은 듯하고 소음이 동반되는 음악을 로파이 음악이라고 생각하시면 돼요.

음악적 관점에서 로파이는 사실 일종의 스타일에 가까운데요. 요즘 리스너들은 로파이 자체를 하나의 장르로 인식하는 경향이 있는 것 같아요. 이를테면 '로파이 재즈 힙합', '로파이 재즈', '로파이 지브리 음악' 등 로파이를 형용사처럼 사용하는 거죠. '저음질로 재생되는 어떤 장르의 음악을 말하는 것'이라는 공감대가 있는 듯해요. 실제로 어떤 장

르의 음악을 좋아하냐는 질문에 "로파이를 선호해요"라고
답하는 경우도 어렵지 않게 볼 수 있고요.

이렇게 로파이 스타일로 녹음된 음악 가운데 재즈 힙합
장르가 많은데요. 재즈 힙합과 로파이가 같은 의미는 아니지
만, 서로 잘 어울리는 장르와 스타일이라고 볼 수는 있어요.

마일스 데이비스가 사랑한 힙합

재즈 힙합은 어떻게 시작되었을까요? 재즈 랩jazz rap이라
고도 불리는 재즈 힙합jazz hip hop은 말 그대로 재즈와 힙합이
합쳐진 장르입니다. 1980~1990년대에 미국에서 시작됐어
요. 장르 이름에 재즈라는 단어가 들어가지만, 초기의 재즈
힙합 뮤지션들은 기존에 있던 재즈 스탠더드나 재즈 음악을
샘플링하고, 그 위에 본인들의 랩을 얹는 형태로 음악 작업
을 했어요. 샘플링은 기존의 음악에서 특징적인 부분을 샘
플처럼 추출, 인용해 새로운 음악을 작곡하는 방식입니다.
지금도 대다수의 재즈 힙합은 샘플링을 기반으로 만들어지
고 있어요.

힙합 리듬 위에, 반복되는 재즈 악기(트럼펫, 더블 베이
스 등)의 연주 패턴이 특징인 장르가 바로 재즈 힙합입니
다. 1970년대부터 재즈 힙합이 조금씩 등장한 것은 맞지만,
1980년대까지 이 장르가 제대로 정의된 적은 없었어요. 대
체로 1989년 발매된 갱 스타Gang Starr의 「Words I Manifest」
를 재즈 힙합의 공식적인 첫 시도로 봐요. 유명한 재즈 스탠

더드인 디지 길레스피의 「Night in Tunisia」를 샘플링해 힙합 리듬 위에 올리고, 여기에 랩을 얹은 곡입니다.

이렇게만 보면 '재즈 힙합은 그냥 힙합의 서브 장르나 재즈의 트렌디한 형태 아닌가? 재즈 힙합 뮤지션들은 재즈를 연주하지도 않는데 재즈로 볼 수 있나?'하고 의문을 느끼는 분들도 있을 것 같은데요. 이 장르를 힙합의 하위 장르로만 보기 어려운 건, 기존의 정통 재즈 뮤지션들 사이에서도 무척 사랑받았기 때문이에요.

재즈의 거장이자 트럼페터인 마일스 데이비스 같은 아티스트들도 재즈 힙합 앨범을 발매했거든요. 1992년 마일스 데이비스의 마지막 스튜디오 레코딩 앨범, 『두 밥doo-bop』의 「The Doo-Bop Song」이 대표적인 사례입니다. 마일스 데이비스의 트럼펫 연주에 랩을 더한 이 앨범은 발매 이듬해 그래미 어워즈에서 최고의 R&B 악기 연주상을 수상하게 돼요. 1926년 태어난 재즈의 거장이, 만 66세에, 일생을 바친 재즈 신념을 기반으로, 새로운 흑인 음악 문화인 힙합과의 퓨전을 시도하다니! 대단하지 않나요?

재즈 힙합 아티스트는 우리나라에도 있습니다. 여러분도 익숙하실 빈지노와 그의 동료 시미 트와이스가 2008년 결성한 힙합 듀오 재지 팩트가 대표적인 사례죠. 지금이야 재즈 힙합이라는 장르가 대중들에게 익숙하지만, 2000년대 당시만 해도 힙합 씬에서 재즈 힙합의 비중이 적었던 터라 이들의 음악이 대중의 관심을 얻은 한국 재즈 힙합의 대명

사로 여겨지는 것 같아요.

미국의 재즈 힙합 아티스트로는 어 트라이브 콜드 퀘스트 A Tribe Called Quest, 더 루츠The Roots, 갱 스타, 구루Guru 등을 꼽을 수 있습니다. 재즈 힙합의 시초이자 원조 격인 아티스트들이죠.

팝 스타 아리아나 그란데Ariana Grande의 옛 연인으로도 유명했으나 젊은 나이에 세상을 떠난 맥 밀러Mac Miller도 자신만의 스타일을 보여준 재즈 힙합 아티스트였죠. 맥 밀러의 음악을 들어보신다면, 빈지노와 랩 플로우, 스타일이 비슷해서 놀라실 수도 있어요. 특히 「Nikes on my feet」을 들으면 빈지노가 맥 밀러의 영향을 얼마나 많이 받았는지 알 수 있어요. 최근 인기가 많은 켄드릭 라마Kendrick Lamar도 빼놓을 수 없어요. 일본에서는 누자베스Nujabes, 엠 플로M-flo가 대표 재즈 힙합 아티스트로 꼽힙니다.

스트레스 없는 음악과 노동요 문화

'아, 이런 음악을 재즈 힙합이라고 하는구나!' 감을 잡으셨다면, 다시 처음으로 돌아가 볼게요. 대체 왜 로파이 재즈 힙합의 수요가 늘어난 걸까요? 사람들은 왜 이런 음악을 선호하게 된 것일까요?

크게 두 가지 이유로 생각해볼 수 있을 것 같아요. 여기엔 의외로 과학적인 근거들이 숨어 있답니다.

첫 번째는 로파이 재즈 힙합이 듣기에 부담스럽지 않고, 피곤하지 않은 음악이라 리스너들의 스트레스를 줄여주기 때문이에요. 케이팝을 비롯해 최근 세계적으로 인기가 있는 팝 음악들은 아주 화려해요. 한 곡 안에서 여러 개의 장르가 뒤섞이기도 하죠. 고음질로 깔끔하게 녹음되어 있고요. 화려한 뮤직비디오와 퍼포먼스까지 볼거리도 대단해요. 흥미롭고 매력적인 음악이 많아요. 하지만 이렇게 강렬한 자극에 자주 노출되다 보면 눈과 귀가 피로해지는 느낌도 들어요. 그래서 저음질의 곡들에서 편안함을 느끼게 되는 거죠. 친근하고 익숙한 소리에, 꼭 집중해 듣지 않아도 되는 음악. 로파이 재즈 힙합은 그래서 심리적 편안함을 줍니다.

두 번째 이유는 집중력 향상에 효과적이기 때문이에요. 백색 소음 같은 저음질의 퀄리티와 재즈 힙합 특유의 빠르지 않은 템포가 시너지 효과를 내면 집중력을 유지하는 데도 도움이 되죠. 스탠포드대학교 힙합 연구 저널인 『더 워드 The Word』에도 실린 검증된 결과예요.

요즘 리스너들 사이에서 로파이 재즈 힙합은 '노동요'라고 불리는데요. 내가 지금 하는 일에 집중할 수 있도록 도와준다는 인식에서 붙은 닉네임이겠죠? 생각보다 우리가 과학적으로 음악을 듣고 있었던 거예요.

재즈 힙합의 역사를 돌아보면서 느낀 건, 재즈는 지금도 지속적으로 변화하고 있다는 거예요. 트렌드를 만들어 내기도 하고, 또 리스너들의 요구에 맞춰서 트렌드를 따라 가기도 하면서요.

흑인 노예의 노동요에서 시작된 재즈와 사회 비판의 목

소리를 높이면서 발전한 것으로 알려진 힙합 모두 흑인 문화에서 온 장르라는 공통점이 있잖아요. 문화가 가져오는 음악의 발전, 그리고 음악의 융합이라는 관점으로 재즈 힙합을 볼 수 있어요. 음악을 조금 더 문화적인 측면에서 이해하려고 노력하면 장르나 개별 곡들을 더 풍부하게 이해할 수 있는 것 같아요. 한편으로는 그래서 어렵기도 하죠. 재즈 역시 단순한 장르라기보다 하나의 문화 그 자체이기 때문이에요.

세인트 튜즈데이: 대화에 집중하면서 즐기는 라이브 재즈

재즈 힙합을 좋아하신다면, 추천해 드리고 싶은 뉴욕의 재즈 클럽이 있습니다. 재즈 힙합과 잘 어울리는 라이브 재즈가 흘러나오는 스픽이지 바speak easy bar, 세인트 튜즈데이 Saint Tuesday입니다.

먼저 스픽이지 바에 대해서 이야기해 봐요. 주로 1920년대 미국의 금주 시대에 등장한 공간인데요. 금주 시대에 비밀스럽게 음료를 즐기기 위해 생겨난 장소를 말해요. 요즘에는 이 콘셉트를 활용해서 운영되는 공간이 많아요. 주로 입구가 숨겨져 있거나, 암호가 필요하거나, 특별한 분위기를 내는 곳들이에요. 고급스럽고 독특하죠. 뉴욕에는 이런 공간들이 많아요.

2021년 11월에 문을 연 세인트 튜즈데이는 소개한 공간들 중에서 가장 최근에 생긴 라이브 재즈 클럽일 거예요. 다운타운 맨해튼의 워커힐 호텔 지하에 있는데, 소호에서 걸

세인트 튜즈데이의 바

어서 갈 수 있는 가까운 위치예요. 스피이지 바 콘셉트답게 입구가 꽁꽁 숨겨져 있어요. 이리저리 지하로 내려가다 보면 아주 작은 바를 만나게 됩니다. 분위기가 너무 좋고, 내부 디자인이 예뻐요.

테이블이 많지 않기 때문에 꼭 홈페이지에서 예약하셔야 해요. 예약은 일주일 전부터 가능한데요. 주중에는 밤 10시 반부터, 주말에는 9시 반부터 라이브 재즈 음악이 연주됩니다.

무대와 자리가 굉장히 가까워서 코앞에서 연주자들을 보며 음악을 감상할 수 있어요. 라인업에 등장하는 연주자들이 활동을 오래 한 분들이어서 공연의 질도 높고, 직접 보는 재미가 커요.

특이하게도 이 곳은 커버 차지나 입장료가 따로 없어요. 칵테일 한 잔을 마시면서 스피이지 바의 분위기에 라이브 재즈까지 감상할 수 있는 가성비 좋은 곳이에요! 물론 칵테일 한 잔의 가격은 21달러로 싸지 않아요. 팁도 줘야 하고요. 하지만 퀄리티 좋은 음악과 분위기, 그리고 섬세하게 구성된 바의 아름다운 인테리어에 비하면 가성비가 좋다고 생각해요. 무엇보다 이곳에서만 마실 수 있는 시그니처 칵테일이 많아요. 하나하나 신경 써서 만든 정성이 느껴지는 만큼 비싸다는 생각은 들지 않으실 거예요.

세인트 튜즈데이의 라인업은 굉장히 다양해서 어느 요일에 가야 할까 망설여질 정도였어요. 하모니카를 부는 아티스트, 기타리스트, 재즈 오르가니스트, 펑크 뮤지션 등 굉

세인트 튜즈데이 무대

경험들 6 - 재즈의 도시

장히 다채롭습니다. 하나하나 뮤지션을 미리 찾아보는 재미가 있어요.

저는 기타리스트가 이끄는 트리오 팀의 공연을 선택했습니다. 세 사람의 합이 잘 이루어지는 아름다운 음악을 배경으로 서로에게 집중하는 사람들의 모습이 영화의 한 장면처럼 아름다웠어요.

이 곳은 대화에 집중하도록 이끌어주는 매력이 있는 장소였어요. 마치 다른 세계에 온 것처럼 음악과 음료를 즐기며 같이 온 연인, 친구, 가족들과 서로 마주보고 대화를 나누는 '퀄리티 타임'에 집중할 수 있었죠. 마치 재즈 힙합처럼 공간 자체가 대화에 집중하게 만들어 주는 느낌이었어요.

아름다운 음악뿐 아니라, 따뜻한 대화도 놓치지 않을 수 있다니, 세인트 튜즈데이는 마법같은 분위기가 펼쳐지는 신기한 공간이에요. 사랑하는 연인, 가족 또는 친구와 함께 좋은 분위기 속 좋은 대화를 나누고 싶다면 이곳을 방문하시면 좋을 것 같아요.

- 재즈 힙합 플레이리스트

- 세인트 튜즈데이
  77 Walker St, New York, NY 10013
  sainttuesdaynyc.com

우리는 어디까지
자유로울 수 있을까

프리재즈라는 경지

"축구 선수들은 마음과 몸이 하나가 될 때 예술가가 될 수 있다. 마치 마일스 데이비스가 프리재즈를 연주할 때, 모든 것이 아름다운 하나의 강렬한 순간으로 모이는 것처럼 말이다(Footballers can be like artists when the mind and body are working as one. It is what Miles Davis does when he plays free jazz – everything pulls together into one intense moment that is beautiful)."

프랑스의 축구 선수 릴리앙 튀람Lilian Thuram의 말입니다. 마음과 몸이 하나가 되는 어떤 경지에 이른 순간을 설명하면서 '프리재즈'를 예로 들고 있어요. 프리재즈는 어떤 장르이길래 궁극의 경지를 상징하는 표현으로 쓰이고 있을까요?

재즈를 크게 두 가지로 분류해 보자면, 느리고 부드럽게 들리는 익숙한 멜로디의 재즈와 빠르고 현란한 테크닉과 함께 즉흥 연주가 돋보이는 재즈가 있습니다. 여기에서 각각의 특징을 바탕으로 스윙, 비밥, 보사노바, 스무스 재즈 등 다양한 장르가 나뉘죠.

이렇게 한 분야에서 끊임없이 차이를 구분하고 정의하고 규정하면서 분류하는 것은 인간의 특성이라고 생각해요. 하지만 정작 예술가들은 이러한 규정에서 벗어나 어떤 기준으로도 분류되지 않으려고 하죠. 이런 움직임을 예술가들의 본능이라고 느낍니다. 19세기 회화가 주를 이루던 미술사에서 색채와 평면 같은 본질을 추구하는 추상 미술이 등장했고,

1980년에 전통 음식을 연구하던 한 영국의 과학자가 음식의 원리를 과학과 결합해 분자 요리를 처음 시도한 것처럼요.

이런 무언의 움직임, 저항을 통해 기존의 틀을 탈피하려고 노력할 때, 한 분야가 발전합니다. 이 과정에서 새로운 장르가 등장하고, 그런 새로움들이 모여 트렌드가 된다고 생각해요.

즉흥성을 특징으로 하는 재즈에서도 더 즉흥적으로, 더 자유롭게 틀에서 벗어나려 하는 저항의 장르가 있어요. 프리재즈입니다. 프리재즈는 기존 재즈의 한계에서 벗어나고자 하는 움직임에서 시작된 실험 재즈인데요. 아방가르드 재즈, 실험 재즈라고도 불립니다.

1950년대 말에서 1960년대 초, 기존 재즈의 코드 진행, 템포에 변화를 주거나, 기존의 형식에서 아예 탈피하려는 시도가 시작이었어요. 프리재즈를 추구하는 연주자들은 점점 새로운 방향을 탐구하고 전에 없던 음악을 창조하는 데 몰두하게 되었죠. 프리재즈의 특징인 모호함은 '정의'라는 개념 자체에 문제를 제기합니다. 그래서 몇몇 프리재즈 연주자들은 종교적인, 원시적인 소리의 근원으로 돌아가려는 시도를 하기도 했어요.

재즈는 미국에서 시작되었지만, 프리재즈 음악가들은 전 세계의 전통 민족 음악을 재즈에 녹여내려 했습니다. 아프리카나 아시아의 악기를 연주하거나 스스로 직접 악기를 만들어 사용하는 거죠. 재즈의 경계를 허물면서 음악, 소리 그 자체를 탐구하는 모습을 보여 줬어요. 정의되기를 거부하는 프리재즈 아티스트들이지만, 이해를 위해 프리재즈를 한 줄로 정의해 보자면, '음악 본연의 가치에 집중하고 기존의 형식을 파괴한 재즈'라고 할 수 있을 것 같아요.

19세기 후반 아프리카계 흑인 노예들의 고단한 삶 속에서 아픔을 가진 채 탄생한 재즈는 시간이 지나며 일정 형식과 춤, 악기, 무대를 구체화하며 자리 잡았습니다. 1930년대 스윙의 시대가 열리자 대중의 인기를 얻으며 화려한 절정을 맞았고, 1940년대에 비밥을 중심으로 대중성을 넘어 재즈의 음악성을 고차원화하는 데 이르렀죠. 이어서 1950년대에 등장한 장르가 바로 프리재즈입니다.

프리재즈는 재즈 역사에서 꼭 짚고 넘어가야 하는 장르입니다. 민속 음악학자들은 이 장르의 탄생에 드러나지 않은 숨겨진 배경이 있다고 말해요. 프리재즈와 미국의 사회적 분위기를 연결해서 보는 건데요. 재즈가 미국에서 크게 사랑받고 발전했지만, 오히려 처음 재즈를 만들고 연주한 미국 내 흑인들의 상황이 불안정해지면서 새로운 프리재즈가 탄생했다는 겁니다.

1950년 말과 1960년대 미국에서는 인종 통합 및 시민 운동이 활발하게 일어났어요. 이러한 사회적 분위기 속에서 사람들은 프리재즈를 특정한 음악적 관념과 아이디어에 대한 거부일 뿐 아니라, 미국 내 흑인들의 억압과 차별에 대한 음악적 반응 또는 저항이라고 생각했습니다. 시기상 프리재즈의 탄생과 시민 운동이 우연히 동시에 발생한 것일 뿐, 기존 재즈의 한계를 거스르기 위해 프리재즈가 생겨났다고 주장하는 학자들도 있지만요.

여러분은 어떻게 생각하시나요? 저는 어떤 현상이 일어나는 데에 단 한 가지 요인만 영향을 미칠 수는 없다고 생각해요. 우연이 두 번, 세 번 일어나면 숨은 맥락이 있다고 느껴요. 기존의 재즈에 싫증을 느끼고 음악 본연의 가치에 대한 탐구에 목말랐던 뮤지션들이 모여 프리재즈 움직임을 주도했던 것도 사실이고, 사회적 분위기가 급변하면서 프리재즈를 추구하는 사람들이 미국 내 흑인들의 입장을 대변하고 저항의 목소리를 내려고 했던 것도 사실일 거예요. 이 두 요소 중 어느 하나가 없었더라면 프리재즈가 탄생하기 힘들었을 거라고 생각해요.

프리재즈를 감상하는 세 가지 방법

기존 재즈의 형식과 코드 진행을 파괴하는 프리재즈는 조금 어렵게 느껴지실 수도 있어요. 쉽게 다가갈 수 있는 세 가지 방법을 알려드릴게요.

첫 번째 방법은 그냥 음악을 틀어놓고 생각을 비우는 것입니다. 연주자와 리스너에게 온전한 자유를 주는 것이 프리재즈의 목적이기 때문이에요. 생각을 비우고 음악을 감상하는 것이 프리재즈의 목적에 가장 알맞은 감상 방법입니다.

두 번째 방법은 악기의 울림과 표현에 집중하는 것입니

⑩ 우리는 어디까지 자유로울 수 있을까　　　　　　117

다. 프리재즈를 감상하다보면 다같이 연주할 때도 있지만, 악기별로 한 걸음 나와 자신의 목소리를 표현할 때가 있어요. 다른 악기들은 그 악기 소리에 귀 기울여 집중하며 연주를 해줍니다. 그때 주인공이 되는 악기가 표현하고자 하는 울림을 느껴보시는 것을 추천드려요.

'어떤 감정을 표현하고자 하는 걸까?', '지금 이 악기를 연주하는 연주자의 마음은 어떤 상태일까?'도 좋은 질문이고요.

세 번째 방법은 '작곡가(연주가)가 이 곡을 왜 작곡했을까?' 생각해 보는 것입니다. 뮤지션이 말하고자 하는 목적과 의도, 메시지가 모든 음악 속에 분명히 존재합니다. 작곡자(연주자)의 의도를 찾아보는 것도 프리재즈를 감상하기 좋은 방법이에요.

브래드 멜다우: 살아있는 전설이 향하는 길

이제 음악을 감상하러 가볼까요? 프리재즈 장르와 잘 어울리는 재즈 피아니스트 브래드 멜다우Brad Mehldau와 그를 만난 특별한 장소 스모크Smoke 재즈 앤 서퍼 클럽에 함께 가보려고 합니다.

먼저 브래드 멜다우는 현존하는 재즈 피아니스트 가운데 가장 영향력이 있는 인물로 꼽힙니다. 많은 재즈 뮤지션들에게도 그야말로 살아있는 전설 느낌이에요. 연주 스타일이 굉장히 정교하고 테크닉이 완벽해서 깔끔한 연주를 보여줍니다. 마치 피카소가 어렸을 때 정통 미술은 다 마스터하고 추상화를 개척한 것처럼, 브래드 멜다우도 클래식 피아노로 피아노를 시작했지만 곧 재즈에 푹 빠져들었고, 일찍부터 재즈 커리어를 쌓아왔어요. 뉴욕의 뉴 스쿨The New School에서 재즈와 실용 음악을 전공했는데요. 학부 때부터 투어를 시작하며 본격적인 뮤지션 생활을 시작했고 수없이 많은 곡을 녹음하고, 공연했어요.

데뷔 이후 쉬지 않고 연주하던 브래드 멜다우는 2009년을 기점으로 트리오 멤버를 재구성하고, 점점 더 프리재즈에 가까운 시도를 하고 있어요. 1990년대에 브래드 멜다우의 주요 커리어로 꼽히는 조슈아 레드먼Joshua Redman 쿼텟 활동을 하면서 조슈아 레드먼의 프리재즈 스타일에 영향을 받지 않았을까 생각합니다.

오랫동안 쌓아온 커리어를 바탕으로 볼 때, 이미 일정 수준의 경지에 오른 상태라 결국 프리재즈 쪽으로 가는 것 아닐까 하는 생각도 하고요. 결정적으로 브래드 멜다우가 재즈를 시작할 때 가장 큰 영향을 줬다고 알려진 존 콜트레인 역시 프리재즈를 시도하고 발전시켰던 인물이기에, 어쩌면 그의 길을 따라서 걷고 있는 것일지도 모르겠어요. 현재도 그의 성장과 발전은 진행 중입니다.

늘 직접 보고 싶었는데, 계속 기회를 놓쳤던 브래드 멜다우를 실제로 너무 보고싶어서 공연을 찾아봤어요. 마침 어퍼웨스트의 재즈 클럽 스모크에서 공연을 한다는 사실을 알게 됐죠. 그런데 아니나 다를까. 4일 연속으로 진행되는

스모크 재즈 앤 서퍼 클럽

스모크의 내부와 무대

경험들 6 - 재즈의 도시

공연의 티켓이 모두 매진되었다는 걸 알고는 너무 슬펐어요. '이렇게 가까이에서 볼 수 있었는데!'하고 아쉬워하던 찰나, 스모크 홈페이지에서 소량의 좌석을 당일 구입할 수 있으니 워크인을 해봐도 된다는 공지가 있었어요. 그래서 큰마음 먹고, 몇 주를 기다렸다가 첫 공연 시간 30분 전에 스모크를 방문했죠.

스모크는 크지 않은 재즈 바인데요. 어퍼웨스트라고 불리는 103가와 브로드웨이에 위치해 있어요. 안에는 무대가 살짝 높게 자리 잡고 있고, 식사를 하면서 공연을 볼 수 있게 만들어진 식당 겸 재즈 클럽이에요. 공연장 옆에는 크지 않은 바가 붙어 있어서 공연을 보기 전이나 후에 간단히 음료를 마실 수 있게 되어있고요.

스모크: 바에 앉아서 듣는 라이브 공연

스모크에 도착해서 매니저에게 사정을 설명하고 혹시 자리가 있을까 물어봤더니 가능한 좌석이 없다고 하더라고요. 너무 실망했죠. 그런데 돌아서려는 순간, 매니저가 살짝 귀띔해줬어요. 공연장 안에서 볼 수는 없겠지만, 외부의 바 자리에 앉으면 음악을 들을 수 있다고요. 플래시를 켜고 사진을 찍지 않는다는 조건으로 공연도 조금씩 볼 수 있을 거라고 했어요. 이대로 집에 가기 아쉬웠던 저는 그렇게 해보겠다고 답하고 바 자리에 착석했어요.

스모크는 전체적인 분위기도 아주 좋은데 바 자리도 깔

스모크의 바

경험들 6 - 재즈의 도시

끔하고 예쁘더라고요.. 바 자리에 앉은 사람들을 보니 저처럼 음악을 들으러 온 사람도 있었고, 친구와 이야기를 나누러 온 사람도 있었어요.

간단한 에피타이저와 맥주를 한 잔 시키고 얼마 지나지 않아 곧 공연이 시작됐는데 생각보다 공연의 사운드가 너무 잘 들렸어요. 바에 따로 스피커를 설치해서 공연이 바로 들리도록 해놓았더라고요. 잘 들리는 배경 음악처럼요. 화장실에서도 연주되는 음악이 벽을 통해서 그대로 들렸어요. 매니저가 알려준 대로 한 곡이 끝나면, 그 틈을 이용해 공연장으로 들어가서 연주하는 브래드 멜다우 트리오를 볼 수가 있었어요. 가끔은 바에 앉아서 음악을 듣기도 했죠. 처음 해보는 신기한 경험이었답니다! 공연 시작 전에는 브래드 멜다우 트리오가 입장하는 걸 바로 옆에서 볼 수도 있었어요.

스모크는 티켓이 40달러 정도에, 한 명당 하나 이상의 메인 음식을 먹어야 하는 조건의 커버 차지가 있는 클럽이에요. 메인 음식 가격대가 생각보다 높고, 에피타이저에 음료한두 잔 먹고 팁까지 주면 사실 금액이 꽤 나오는 장소예요. 그런데 바에 앉아서 맥주 두 잔에 간단한 에피타이저를 먹었더니, 티켓 값 정도의 금액 밖에 나오지 않아서 놀랐답니다.

바텐더와도 잠깐 이야기했는데, "이렇게 저렴하게 음악을 들으면서 퀄리티 있는 재즈 공연을 볼 수 있다면 나는 이곳에 자주 오게 될 것 같다"고 말했죠. 그랬더니 바텐더도 웃으면서 학교 친구들에게 소문 좀 많이 내달라고 하더라고요.

보고 싶은 공연의 티켓 예약 시기를 놓치셨다면, 그냥 갑자기 재즈 음악을 듣고 싶으시다면, 스모크 바에 들러보시는 것 어떨까요?

- 브래드 멜다우 플레이리스트

- 스모크 재즈 앤 서퍼 클럽
  2751 Broadway, New York, NY 10025
  https://smokejazz.com/

11

그루브를 만드는 방법

펑크, 그루브, 자유로움

저는 한국 학부에서 실용 음악을 전공했어요. 미국 유학을 시작하면서 학부 때에 이어 현대 음악을 전공할 수 있었지만, 재즈를 선택했습니다. 박사 과정을 밟고 있는 지금 생각해보면 저에게는 좋은 결정이었던 것 같아요. 넓은 범위의 현대 음악보다는 좁고 깊은 범위의 재즈를 공부하면서, 조금 더 사회과학적인 시각으로 미국의 문화와 역사에 대해 이해할 수 있게 되었거든요. 음악을 넘어 문화를 공부할 수 있었습니다.

역사적 마이너리티였던 흑인 음악이 재즈, 가스펠, 소울, 펑크 등으로 다양하게 뻗어나가는 과정을 보면서 음악의 문화적, 교육적 측면을 이해하고 배울 수 있었던 것 같아요.

재즈펑크는 이런 재즈의 확장과 변화를 잘 보여주는 장르예요. 이름 그대로 재즈와 펑크가 더해진 장르인데요. 1970년대에 생겨난 재즈의 서브 장르로, 강한 비트에서 오는 그루브, 전자 음악 사운드, 아날로그 신디사이저 사운드가 돋보이는 음악입니다. 기존의 펑크, 소울, 알앤비 음악이 재즈와 만나면서 새로운 장르가 탄생했어요. 재즈의 가장 큰 특징인 즉흥 연주도 재즈펑크를 통해 즐길 수 있습니다.

재즈펑크를 이야기할 때, 자연스럽게 궁금해지는 것이 펑크라는 단어의 의미입니다. 펑크funk라는 단어는 일상에서도 접하는 단어인데요. 뒤에 Y를 붙여서, 펑키funky라고 자주 말하죠. 패션 스타일을 이야기할 때 '펑키하다'고 하는 경우처럼요. 대개 단조롭지 않고, 눈에 띄는 스타일과 색감을 이용해서 입는 스타일을 표현해요.

음악에서의 펑크는 조금 달라요. 1940년대에 재즈의 황금기를 지나 1960년대에 생겨난 장르인데요. 미국 내 아프리카계 미국인 커뮤니티에서 여러 음악 장르를 혼합해 만들었어요. 리드미컬하고, 춤을 추기에 알맞다는 특징이 있죠.

영영사전에서 검색하면 전혀 다른 의미도 찾을 수 있어요. 명사로는 우울한 상태, 진한 땀 또는 담배 냄새, 동사로는 두려운 또는 무서운 것으로부터 도망치는 행위를 가리켜요. 18세기 영국 옥스포드대학교 속어 사전에 처음으로 수록된 펑크는 담배 향을 지칭하는 단어가 변형된 것으로 추측하고 있어요.

담배 냄새를 지칭하던 단어가 음악 장르의 이름이 된 이유는 정확히 알 수 없지만, 하나의 단어로 적절하게 찾아서 옮길 수 없을 만큼 복잡한 의미인 것만은 확실해 보여요.

재즈펑크도 쉽게 표현하기 어려운 복잡함이 있는 독특한 장르예요. 가장 먼저, 재즈펑크는 앞에서 배운 스윙 리듬을 조금 더 '춤추기 쉽게' 변형한 펑크의 '그루브'를 기본 리듬으로 해요. 또 다른 재즈펑크의 특징은 전자 악기를 많이 사용한다는 점인데요, 전자 피아노, 전자 베이스 기타 등 다양한 사운드를 재즈펑크에서 느껴볼 수 있어요. 마지막 특징은 즉흥 연주의 비중이 크다는 점입니다.

악기들의 호흡과 대화

펑크와 재즈펑크가 어떻게 다른지 한 번에 이해하고 싶으시다면, 펑크의 선구자로 불리는 제임스 브라운^{James Brown}의 대표 곡 「I Got You(I feel good)」와 재즈펑크 대표 아티스트 허비 행콕^{Herbie Hancok}의 「Chameleon」을 비교해서 들어 보시는 걸 추천해요. 차이점이 바로 느껴지실 거예요!

두 음악에서 그루브는 동일하게 느껴지지만, 펑크는 좀더 각이 잘 맞춰진, 정돈되고 깔끔한 느낌이 들어요. 반면재즈펑크는 훨씬 즉흥적이죠. 마치 악기들이 자유로운 대화를 나누는 것처럼 느껴져요.

몇 차례 비슷한 논쟁을 언급했듯이, 재즈펑크를 바라보는 정통 재즈주의자들의 시선이 곱지만은 않아요. '팔기 위한 재즈' 또는 '무도회에서나 나올 법한 재즈'라고 부르며 폄하했거든요. 하지만 재즈펑크는 재즈의 인기를 끌어올렸고, 재즈를 주류 장르로 성장시키는 데 기여한 장르예요.

사실 일반적인 팝 리스너의 입장에서는 재즈펑크를 이해하기 어려워요. 대중적으로 인기있는 팝과 알앤비 음악들은 보컬이 음악을 리드하고, 벌스^{verse}(곡을 전체적으로 설명하는 하나의 절)와 후렴^{chorus}의 경계가 분명하죠. 대부분은 이런 형태에 익숙해져 있거든요.

대신 재즈펑크는 더 특정한 멜로디 라인(음악적 주제)에 집중하며, 악기들 간의 호흡과 즉흥 연주를 통해 스스로 한 곡을 만들어가는 구조가 있어요. 예측할 수 없는 음악의 전

개는 재즈의 즉흥성을 꼭 닮아 있는데요. 앞서 소개해 드린 허비 행콕의 「Chameleon」이 아주 좋은 예시입니다. 15분 동안 한 주제로 연주가 이어지는데, 다양한 악기들의 즉흥 연주를 통한 대화로 구성돼요. 긴 시간임에도 전혀 지루하지 않고, 펑크 특유의 그루브도 있어서 춤추기에 적합한 음악입니다.

아직 잘 모르시겠다면, 대표적인 재즈펑크 음악들을 추천해 드릴게요.

1. 그로버 워싱턴 주니어^{Grover Washington Jr.}「Mister Magic」

미국의 색소포니스트 그로버 워싱턴 주니어가 1974년에 발매한 곡이에요. 일정한 그루브가 반복되면서 저절로 어깨를 들썩이게 되는 신나는 음악이죠. 드럼의 들썩이는 비트, 전자 기타와 신디사이저의 사운드에 색소폰 소리가 너무나도 잘 어울리는 곡입니다. 이 한 곡을 듣는 것만으로도 재즈 펑크가 뭔지 알 수 있어요.

2. 도널드 버드^{Donald Byrd}「Ethiopian Knights」

미국 출신의 트럼페터 도널드 버드는 재즈펑크를 대표하는 아티스트 중 한 명이에요. 「Ethiopian Knights」를 들으면 '전자 악기 소리들이 차곡차곡 쌓여가며 하나의 음악을 만들고 있구나!'하는 걸 바로 알아차리실 거예요. 지금으로

부터 50년 전인 1972년에 나온 음악이라고 하기엔 너무 세련되게 들리지 않나요? 도널드 버드가 공동 프로듀싱한 앨범에 수록된 「Black Byrd」도 추천합니다.

3. 타워 오브 파워 Tower of Power 「Squib Cakes」

이 음악은 재즈펑크의 클래식이라고도 불리는 곡입니다. 이 음악도 1974년에 발매된 앨범인데, 지금 당장 재즈 클럽에서 틀어도 전혀 손색이 없을 만큼 현대적인 감각을 보여줘요. 최근에도 월드 투어 공연을 하고 있을 만큼, 오랫동안 사랑받고 있는 밴드입니다.

4. 조지 듀크 George Duke 「It's On」

비교적 최근인 1998년에 발매된 곡입니다. 라이브 영상을 추천드려요. 트리오가 음악적 대화를 끈끈하게 이어가며, 서로 눈을 마주보며 한 곡을 완성해 나가는 모습이 굉장히 인상적이에요.

빌리지 뱅가드: 재즈의 역사가 쓰인 곳

이제 재즈펑크 하면 떠올릴 수 있는 베이시스트 크리스천 맥브라이드의 공연이 열린 뉴욕의 전통 재즈클럽 빌리지 뱅가드 Village Vanguard로 가보겠습니다.

빌리지 뱅가드 재즈클럽은 뉴욕의 그리니치 빌리지 지역에 있는데요. 1935년에 문을 연 전설적인 재즈 클럽입니다. 이 클럽은 작은 지하 공간에 자리하고 있어요. 내부 구조가 독특하게 삼각형으로 되어 있어서 뮤지션과 관객 간의 거리를 가깝게 만들어 주는 기분이 들어요.

빌리지 뱅가드는 재즈 역사에서 중요한 장소로 손꼽힙니다. 수많은 전설적인 재즈 음악가들이 이곳에서 라이브 공연을 펼쳤습니다. 존 콜트레인, 마일스 데이비스, 델로니어스 몽크, 빌 에반스Bill Evans 등 세계적으로 유명한 아티스트들이 자주 방문한 장소 중 하나로 유명해요.

여기서 라이브 앨범도 많이 녹음되었습니다. 제가 자주 듣고 좋아하는 베니 그린의 앨범 『Testifyn』도 바로 이 곳에서 1991년에 녹음되었다고 해요. 이 사실을 빌리지 뱅가드에서 크리스천 맥브라이드의 설명으로 알게 되었어요. 베니 그린이 이 날 공연의 피아니스트였거든요. 내가 자주 듣는 앨범이 녹음된 장소에서, 그 음반을 만든 사람들과 함께 있다니! 그 순간 밀려오는 감동은 말로 표현할 수가 없을 정도였어요.

빌리지 뱅가드는 예매하고 가시는 걸 추천드려요. 티켓 비용은 40달러 정도이고, 매일 저녁 8시, 10시 두번의 공연이 있어요. 미리 라인업이 나오니 홈페이지로 확인하시고, 30분에서 1시간 정도 일찍 가시면 좋아요. 'first come, first served(오는 순서대로 앉는)' 규칙을 적용하고 있어서, 일찍 가실수록 가까이에서 공연을 볼 수 있어요. 커버 차지는 1인당 음료 한 잔인데, 간단한 소프트드링크부터 맥주, 와인, 칵

빌리지 뱅가드 입구에 줄을 선 사람들

빌리지 뱅가드의 공연 소개 게시판

경험들 6 - 재즈의 도시

테일 등 다양한 주류가 있어요. 연주 중에는 사진과 영상 촬영을 엄격히 금지하고 있다는 점, 참고 부탁드려요.

크리스천 맥브라이드: 뮤지션의 뮤지션

조지 듀크의 무대에서 베이스를 연주하기도 했던 오늘의 주인공 크리스천 맥브라이드는 뉴욕을 기반으로 활동 중인 전설적인 베이시스트에요. '연예인들의 연예인'이란 말이 있는 것처럼, 뮤지션들의 뮤지션이라고 할 수 있죠.

넓은 스펙트럼으로 왕성하게 활동하고 있어요. 저는 크리스천 맥브라이드를 과거와 현재를 이어주는 뮤지션으로 생각하는데요. 현대 뮤지션들과도 활발하게 교류하면서 존경을 받음과 동시에, 전설적 뮤지션들에게도 사랑을 많이 받는 베이시스트예요.

저는 약 10년 전, 처음으로 빌리지 뱅가드에 갔을 때 크리스천 맥브라이드를 만났어요. 이번에도 크리스천 맥브라이드 트리오를 만나기 위해 빌리지 뱅가드를 찾았습니다.

이날의 트리오는 크리스천 맥브라이드, 피아니스트 베니 그린, 드러머 그레고리 허친슨Gregory Hutchinson으로 구성되어 있었어요. 세 사람은 1989년에 처음 만났고, 그 후로도 꾸준히 트리오 활동을 해 와서 그런지, 합이 좋았어요. 노련하고 빈틈없이 화려하고 완벽하게 연주를 풀어내기보다는, 각각의 특징과 대화의 특성을 잘 드러내는 연주였는데요. 보기에도, 듣기에도 아름다웠습니다.

그때그때 서로가 리드하면서 곡의 엔딩을 바꾸는데, 관객들과 함께 같이 웃기도 하고, 박수를 치기도 하고, 대가족이 같이 모여 하루를 보내는 것처럼 따뜻함과 애정이 느껴지는 시간이었어요. 이날은 크리스천 맥브라이드 트리오가 전설적인 베이시스트 레이 브라운Ray Brown을 추모하는 트리뷰트 공연이었는데요. 한 사람씩 각각의 곡을 연주하기 전 레이 브라운과 연주하던 때를 추억하고, 회상하면서 이것이 우리(뮤지션)가 한 사람을 기억하는 방법이라고 말했던 기억이 나요. 그 말을 듣는데 굉장한 울림이 있었고, 진심으로 공감할 수 있었어요.

재즈의 현재와 과거를 잇는 징검다리 역할을 하는 아티스트 크리스천 맥브라이드와 재즈펑크 장르의 곡들을 준비했어요. 들으시면서 재즈의 역사가 쓰인 특별한 장소 빌리지 뱅가드의 분위기를 느끼실 수 있을 거예요.

- 재즈펑크, 크리스천 맥브라이드 트리오 플레이리스트

- 빌리지 뱅가드
178 7th Ave S, New York, NY 10014
https://villagevanguard.com/

12

자유 속에서 탄생하는
새로운 문화의 설렘

영국의 클럽에서 온 음악, 애시드 재즈

"사람들은 항상 음악을 정의하고, 다시 정의한다. 내 연주 스타일은 스무스 재즈와 애시드 재즈다. 나는 연주하면서 듣는다. 나는 내가 연주하는 음악의 종류를 정의하는 일에 사로잡히지 않는다(People are always defining and re-defining music. My style of playing has been characterized as smooth jazz and acid jazz. I listen as I play; I'm not caught up in defining the type of music I play.)" - 로이 아이어스 Roy Ayers

미국의 재즈 작곡가 로이 아이어스의 말대로, 사람들은 정의하고 분류하는 것을 굉장히 좋아합니다. 어떤 것이든 특징을 찾아 분류하고, 새로운 특징이 발견되면 새로운 이름을 붙여 더 세분화하죠. 아마도 구분하는 행위는 인간의 본능일지도 몰라요. 하지만 분류 기준은 사람마다 다를 수 있어요. 예를 들어, 누구는 재즈라고 정의하지만 또 다른 누군가는 아니라고 주장할 수 있죠.

중요한 건 어떠한 판단을 내릴 때에는 자기만의 기준을 가지고 있어야 한다는 거예요. 자기만의 기준에 대해 생각해 보면서, 질문을 하나 드리겠습니다.

애시드 재즈와 재즈펑크의 다른 점이 뭘까요?

평소에 이런 궁금증을 갖고 계셨다면 재즈에 굉장히 조예가 깊으신 분일 거예요. 왜냐하면 두 장르는 일단 듣기만 했을 때는 차이점을 찾기가 쉽지 않거든요. 실용음악과 전공생들도 항상 궁금해하고 고민하는 부분입니다.

애시드 재즈는 1970년대 미국에서 생겨난 재즈펑크와는
달라요. 애시드 재즈는 1980년대 영국에서 시작된 장르입
니다. 펑크, 소울, 힙합, 디스코 그리고 재즈가 섞여 있죠.

애시드 재즈의 출발점을 알면, 이해하기가 쉬운데요.
1960~1970년대 런던의 클럽에서는 DJ들이 재즈 음악을 틀
때 그 위에 전자 드럼 비트나 전자 퍼커션 소리를 추가하는
게 유행이었어요. 여기에 영향을 받은 아티스트들이 모여
그룹을 형성한 것이 애시드 재즈의 발판이 되었습니다. 이
후에 이러한 음악들은 미국, 일본, 유럽, 브라질로 퍼져나갔
어요. 라이브 퍼포먼스에 강한 장르로, 특유의 신나는 그루
브와 더불어 금관 악기, 보컬, DJ, 래퍼 등 다양한 요소와 결
합할 수 있는 것이 큰 특징이에요.

하지만, 애시드 재즈는 재즈의 서브 장르라 보기는 어려
워요. 두 가지 큰 이유가 있어요. 첫 번째 이유는 재즈의 즉
흥성이 부족하다는 거예요. 아예 없다고는 할 수 없지만, 재
즈펑크처럼 정확한 즉흥 연주는 볼 수 없어요. 철저하게 계
획된 퍼포먼스를 기준으로 음악이 진행됩니다.

재즈펑크의 예로 같이 들어 보았던 허비 행콕의 곡
「Chameleon」 공연을 보러 간다고 상상해 볼까요? 10분이
될지, 15분이 될지 알 수 없어요. 어쩌면 30분이 될지도 모
르죠. 그때 그때 연주자들의 즉흥적인 연주와 호흡에 따라
진행되기 때문이에요. 마치 장인이 마음 가는 대로 만드는
수제 아이템처럼요.

하지만 애시드 재즈 음악은 정해진 시간만큼 연주되고 끝날 거예요. 퍼포먼스와 보컬, 랩이 마치 잘 짜인 하나의 기성품 같은 느낌을 낸다는 점에서 재즈펑크와 가장 큰 차이가 있어요.

두 번째 이유는 미국의 정통 재즈 또는 재즈 뮤지션들에게 큰 영향을 주지 못했다는 점이에요. 앞서 살펴본 보사노바와 비교해 보면 차이가 드러납니다. 보사노바는 미국이 아닌 브라질에서 시작되었고 여러 음악적 특성에서 기존의 재즈와 확연히 달랐어요. 하지만 독창성과 신선함을 기반으로 미국의 재즈 뮤지션들에게 큰 영향을 주었죠. 그리고 활발한 음악적 교류도 있었습니다. 반면 애시드 재즈는 펑크, 소울, 디스코, 재즈의 각 요소가 조금씩 가미된 영국 음악으로 받아들여지고 있어요.

애시드 재즈를 무시하거나 폄하하고자 하는 의도는 전혀 없어요. 저 또한 개인적으로 너무 좋아하는 장르고, 2000년대부터 꾸준히 애시드 재즈 음악을 사랑해 왔거든요. 하지만 냉정하게 분석해 봤을 때, 재즈의 서브 장르로 분류하기에는 한계점이 많은 게 사실이에요. 이 부분을 확실히 하는 것이 재즈를 이해하는 데에도 도움이 될 거라 생각해요.

재즈가 아니어도 괜찮아
분류와는 상관 없이, 애시드 재즈 음악을 들어보면서 이 장르와 좀 더 가까워져볼게요.

재즈펑크와 굉장히 비슷하게 들리지만, 미묘하게 다른 둘의 특징을 찾아보신다면 더 흥미로우실 거예요.

영국에는 애시드 재즈의 이른바 '3대장'이라고 불리는 밴드들이 있어요. 자미로콰이Jamiroquai, 브랜드 뉴 헤비즈Brand New Heavies, 인코그니토Incognito입니다. 한 팀씩 소개할게요.

1. 자미로콰이 「Blow Your Mind」

2003년, 처음 자미로콰이의 「Blow Your Mind」를 듣던 순간이 아직도 잊히지가 않아요. 화려하지만 그루브를 살려주는 전자 베이스와 퍼커션 연주가 너무 매력적이었어요. 중간중간 나오는 금관 악기의 연주, 보컬의 즉흥 연주까지 '이게 도대체 무슨 음악이지?'하고 인터넷에서 하루 종일 검색해서 들었던 기억이 나요.

이 노래에 등장하는 보컬의 즉흥 연주 부분이 재즈에서 차용된 것 같다고 생각할 수 있지만, 여러 버전을 살펴보면 항상 똑같은 방식으로 연주를 한다는 걸 알 수 있어요. 이것은 즉흥 연주가 아니라 변하지 않는 멜로디라고 볼 수 있죠.

2. 브랜드 뉴 헤비즈의 「You Are The Universe」

자미로콰이에 이어 브랜드 뉴 헤비즈의 이 곡들까지 들으면, 애시드 재즈와 펑크의 차이점을 더 확실히 느낄 수 있을 텐데요. 전자 기타에 특정한 효과를 주는 와 페달wah pedal

을 연결해서 신나는 느낌을 더하는 것이 특징이에요. 전자 베이스 라인이 매우 신나고 화려해요.

두 번째 들어보실 때는 베이스에만 귀 기울여 들어보세요! 대부분의 애시드 재즈 음악의 베이스 라인은 재즈 펑크보다 더 화려하고, 더 리드미컬하고 동일한 패턴이 반복되는 느낌이 들어요.「You Are The Universe」역시 보컬의 시원시원한 목소리가 리스너들을 흥분시키는 곡이에요.「Never Stop」은 브랜드 뉴 헤비즈의 발표 곡 중 가장 널리 알려진 음악입니다!

3. 인코그니토의「Don't You Worry 'Bout A Thing」

「Don't You Worry 'Bout A Thing」은 스티비 원더Stevie Wonder가 처음 발매한 곡을 인코그니토가 애시드 재즈 스타일로 재해석한 곡입니다. 원곡도 너무 좋지만, 애시드 재즈의 특징인 그루비한 펑크 리듬이 가미되고 금관 악기, 퍼커션이 등장하니 마치 다른 느낌의 새로운 곡 같아요.「Still A Friend of Mine」도 명곡이라 한번 같이 들어보시길 추천합니다. 위에서 설명드렸던 전반적인 애시드 재즈의 특징들이 잘 드러나는 신나는 곡이에요.

어떤 음악이든 장르를 구분해서 이해해 보려고 한다면 기준을 파악하고 정확하게 판단해 보세요. 감으로, 느낌으로 대충 추측하는 것보다 각각의 음악을 더 세밀하게 구분하는 데 도움이 될 거예요. 물론 장르 구분 없이 즐기는 것에는 문제가 없지만요.

셀라 독: 새로운 문화가 시작되는 자유로운 공간

이번에는 애시드 재즈 음악과 굉장히 잘 어울리는 뉴욕의 클럽 셀라 독Cellar Dog을 소개해 드릴게요.

코로나 이전에 뉴욕에는 팻 캣Fat cat이라는 클럽이 있었어요. 핫한 그리니치 빌리지 중심에 1호선 라인의 크리스토퍼 스트리트 역 바로 앞에 있었어요. 무료이거나 아주 저렴한 입장료로 들어갈 수 있는 지하 1층 공간이었는데요. 들어가면 '무슨 이런 곳이 다 있지?' 라는 생각이 바로 듭니다.

영화의 한 장면처럼, 탁 트인 넓은 공간에 다양한 사람들이 다양한 액티비티를 하고 있어요. 안쪽에서는 새벽까지 라이브 재즈 음악이 흘러나옵니다. 한 쪽에선 자연스럽게 친구를 사귀고 같이 이야기하고 웃고 게임을 하죠. 추억의 장소였어요. 코로나 시기를 지나면서 문을 닫아서 굉장히 아쉬웠습니다.

얼마 전 다시 재즈클럽을 찾다가 새로운 회사가 기존의 팻 캣을 다른 이름으로 운영하고 있다는 것을 알게 됐어요. 너무 반가운 마음에 달려가 봤죠. 이곳이 오늘의 주인공 셀라 독입니다. 다른 재즈 클럽과 달리 예약은 하지 않으셔도 되고요. 입장할 때 신분증은 꼭 지참하셔야 해요. 여행 중인 분들은 여권이나 영문 운전면허증 등 이름과 함께 생년월일이 나와있는 신분증을 가지고 가시는 게 좋아요. 입장료는

다양한 놀거리가 있는 셀라독의 자유로운 공간

셀라 독의 재즈 공연 무대

경험들 6 - 재즈의 도시

주중에는 5달러, 주말에는 10달러입니다. 들어가자마자 오른쪽에는 바가 있고, 왼쪽에는 테이블이 있는데요. 다른 가게에서 음식을 사와서 먹어도 됩니다.

조금 더 들어가면 라이브 재즈 공연이 열리고 있습니다, 이외의 공간에서는 여러가지 게임들을 할 수 있게 되어 있어요. 체스, 탁구, 당구, 그리고 이름은 알 수 없지만 바로 할 수 있을 것 같은, 미국스러운 간단한 게임들까지.

친구들과 와서 재즈 공연을 보다가 가는 사람도 있고요. 혼자 와서 친구들을 사귀고 같이 게임을 하거나 이야기를 나누는 사람들도 있어요. 뉴욕에서 손꼽을 만한, 몇 안 되는 캐주얼하고 자유로운 공간이에요.

공연 전에 시간을 때우기도 좋고, 이야기 나누기에도 좋아요. 여행 중에 많이 걸어서 다리가 아프거나, 이야기할 장소가 마땅치 않은데 커피는 이미 마신 상황이라면? 그런데 뉴욕의 분위기도 함께 즐기고 싶다면! 셀라 독을 추천합니다.

무엇보다도 라이브 재즈 음악 퀄리티가 좋아요. 홈페이지에서 재즈 공연의 시간대와 라인업을 보고 갈 수 있고요. 제가 방문했던 날도 트리오가 공연 중이었는데, 친구들이랑 이야기를 하면서 좋은 음악을 들을 수 있다는 점이 특별했어요.

연주가 가능한 뮤지션이라면, 잼 세션(공연이 끝난 뒤 당일의 공연 호스트 주도하에 관객을 무대로 초대해서 같이 즉흥으로 연주하는 시간)도 열리고 있으니까, 입구에서 확인해

셀라 독의 바

경험들 6 - 재즈의 도시

보서도 좋을 거예요!

저는 셀라 독에서 애시드 재즈의 바이브를 느낄 수 있었어요. 이곳에선 모두가 각자의 대화와 놀거리로 바쁘다가도, 아는 음악이 나오면 하나되어 다 같이 노래를 부르곤 합니다. 그런 순간들을 볼 때, 애시드 재즈도 이렇게 시작되지 않았을까? 생각하게 돼요. 이곳에서도 어쩌면, 또 다른 음악의 트렌드, 새로운 장르가 시작될 수 있지 않을까? 하는 생각도 끊임없이 들었습니다.

이런 자유로운 분위기의 장소가 유지되고, 또 많이 생겼으면 좋겠습니다. 이런 분위기 속에서 할 수 있는 것들이 많다면, 이런 장소를 사람들이 많이 찾는다면, 자연스럽게 다양한 문화가 유지되고, 발전되지 않을까요?

애시드 재즈에서는 자유 속에서 탄생한 새로운 문화의 설렘이 느껴집니다. 같이 들으면서 재즈펑크와는 다른 매력에 빠져보세요.

- 애시드 재즈 플레이리스트

- 셀라 독
75 Christopher St, New York, NY 10014
https://www.cellardog.net/

13

퀸즈에서
루이 암스트롱을 만나다

퀸즈를 놓치지 마세요

뉴욕이라고 하면 대부분 맨해튼을 떠올리실 것 같아요. 대부분의 관광지가 몰려 있는 곳이라 그렇게 생각하시는 것 같은데요. 사실 뉴욕은 생각보다 굉장히 넓고 큰 지역이에요. 우리가 흔히 알고 있는 뉴욕, 맨해튼은 뉴욕 주New York State 뉴욕 시New York City에 속한 5개의 보로borough 중 하나입니다. 뉴욕 시는 맨해튼, 퀸즈, 브롱스, 브루클린, 그리고 스태튼 아일랜드로 이루어져 있어요.

재즈를 좋아하는 여러분이라면, 맨해튼만으로는 아쉬우실 거예요. 2023년 여름, 문을 연 루이 암스트롱 센터가 퀸즈에 있거든요. 루이 암스트롱 센터는 2003년 개관해 운영 중인 루이 암스트롱 하우스 박물관 바로 맞은편에 있어요. 루이 암스트롱이 살았던 집을 개조한 박물관과 새로 생긴 센터를 한 번에 둘러볼 수 있습니다.

루이 암스트롱은 20세기 초에 탄생한 미국의 전설적인 재즈 트럼펫 연주자이자 가수입니다. 루이 암스트롱이 재즈에 미친 영향력은 감히 측정이 불가할 정도예요. 재즈를 잘 모르시는 분들도 코미디언들이 자주 흉내 내는, 독특한 발성의 루이 암스트롱 스타일은 익숙하실 거예요.

루이 암스트롱은 1901년 뉴올리언스의 가난한 가정에서 태어났습니다. 음악에 흥미를 가지고, 트럼펫 연주에 소질을 보이기 시작했는데, 후에 멘토가 된 재즈 아티스트 킹 올리버King Oliver의 눈에 띄어 연주자로 활동하게 되죠. 시카

고로 이주해 킹 올리버 밴드와 함께 연주하면서 큰 주목을 받았습니다.

루이 암스트롱은 트럼펫 연주 실력뿐 아니라 특유의 가창력과 특색 있는 음악적 스타일로 재즈 음악계에서 독보적인 존재로 자리매김했습니다. 개성 넘치는 트럼펫 연주는 많은 연주자들에게 영감을 줬죠.

「Hello, Dolly!」, 「What a Wonderful World」 등 수많은 히트곡으로 인기를 얻었는데요. 특히 「What a Wonderful World」는 따뜻하고 감동적인 보컬 스타일로 많은 사람들에게 인상 깊게 남아 있는 곡 중 하나입니다.

루이 암스트롱의 집에서

맨해튼의 중심, 타임스퀘어에서 7번 지하철을 타면 퀸즈로 연결되는데요. 보라색 라인이에요. 103가에 내려서 조금 걸으니, 바로 센터가 눈에 들어왔어요. 이 센터와 뮤지엄은 목요일부터 토요일까지, 주중에 단 3일만 11시부터 4시까지 운영을 하고 있어요. 루이 암스트롱 상설 전시는 둘러보는 데 30분에서 40분 정도 걸렸어요.

매시각 정각에 해설과 함께 하우스 투어가 진행됩니다. 저는 이 하우스 투어가 굉장히 좋았답니다. 하우스 투어도 30분에서 40분 정도 걸렸어요.

먼저 1910년에 지어진 집이 지금까지 유지되고 있다는 것부터가 놀라웠어요. 루이 암스트롱은 1943년에 이 집을

루이 암스트롱 센터의 전시

경험들 6 - 재즈의 도시

사서 세상을 떠날 때까지 살았는데요. 루이 암스트롱 부부의 취향에 맞게 리노베이션한 내부를 지금까지 그대로, 생생하게 볼 수 있어요. 아티스트의 삶이 그대로 녹아 있는 공간이 제대로 보존되어 있다는 사실만으로도 감동적이었어요.

루이 암스트롱이 미국 재즈사에 미친 영향이 굉장히 크다 보니, 이 건물은 사적지로 지정되어서 관리되고 있다고 해요. 대중 음악을 하는 아티스트의 집을 문화재로 보존한다는 점이 놀라웠어요. 아쉽게도 촬영은 금지되어 있는데요. 생전에 쓰던 식기, 식탁, 의자, 침대, 각 나라에서 사온 기념품이 마치 지금도 사용되고 있는 것처럼 느껴질 만큼, 훌륭하게 보존되어 있어요.

하우스 뮤지엄 투어를 하다 보니, 루이 암스트롱의 네 번째 부인인 세실이 멋진 여성이라는 생각이 들었습니다. 365일 중 300일을 세계 투어를 다니는 남편을 위해 뉴욕에 집을 사서 관리하면서, 루이 암스트롱의 영상, 사진을 늘 아카이빙해서 보관한 조력자였어요. 심근경색을 겪은 남편을 위해서 1층과 2층을 오가는 리프트 의자를 설치하기도 했고요.

말도 안 되게 화려한 화장실에도 놀랐습니다. 『타임』 매거진에도 소개된 루이 암스트롱의 화장실은, 전면이 거울로 되어있고 금과 대리석으로 꾸며져 있어요. 투어 가이드의 설명에 따르면, 뉴올리언즈에서 가난한 유년시절을 보낸 루이 암스트롱의 버킷 리스트가 멋진 화장실이었다고 해요. 화장실을 개조하는 데에 집값보다 돈이 더 들었다고 할 정

퀸즈 루이 암스트롱 센터 맞은편의 루이 암스트롱이 실제로 살았던 집.
지금은 박물관으로 운영되고 있다.

도니까요!

　루이 암스트롱은 심근경색으로 세 번이나 쓰러집니다. 연주를 너무나도 사랑했던 루이 암스트롱에게 세 번째로 찾아온 심근경색은 더 이상 무대에 설 수 없을지 모른다는 두려움과 우울감을 줬다고 하는데요. 기운이 없는 루이 암스트롱을 위해 세실은 친구들, 동네 사람들을 초대해서 성대한 69번째 생일 파티를 열었습니다. 그날 루이 암스트롱은 다시 열정을 회복하고 매니저에게 전화를 해 공연 리허설 날짜를 잡고 싶다고 했죠. 그리고 본인이 작곡해서 엘라 피츠제럴드에게 준 「April in Paris」를 들으며 잠이 들었고, 잠이 든 채 그대로 세상을 떠났다고 해요.

　루이 암스트롱의 전성기부터 마지막까지의 흔적이 모두 남아있는 이 하우스 투어가 특히 기억에 남아요. 루이 암스트롱이 화려한 월드 투어를 끝내고, 뉴욕에 도착해 세실과 함께 택시를 타고 이 집 앞에 도착했던 그날 밤처럼, 화려한 것들은 모두 지나가더라도 그 둘의 사랑과 루이 암스트롱의 음악은 이 곳에 영원히 남아 있을 것이라는 생각이 들어서 마음이 뭉클하고 따뜻했어요.

　루이 암스트롱 센터의 주제는 'Here to Stay'였는데요. 주제 문구와 함께 루이 암스트롱과 세실 커플이 이집트에서 스핑크스를 배경으로 서 있는 사진이 입구에 크게 걸려있었어요. 큰 포스터를 보자마자 미국의 재즈 작곡가 조지 거슈윈George Gershwin의 「Love Is Here To Stay」 가사가 떠올랐습니다. 이 센터와 하우스 뮤지엄 자체가 이 둘의 사랑이었고, 지금도 여기 있구나. 가슴으로 느낄 수 있었어요.

뉴욕의 화려한 타임스퀘어, 북적거리는 박물관, 공연장에 머릿속이 복잡해지셨다면, 잠시 시간을 내 조용한 루이 암스트롱 하우스를 다녀오시는 것은 어떨까요? 낯선 곳에서, 살아있는 역사를 직접 마주하는 신비한 경험은 여러분의 남은 여행과 하루를 더욱 더 소중하게 만들어줄 거예요.

- 루이 암스트롱 플레이리스트

- 루이 암스트롱 뮤지엄
  34-56 107th St, Queens, NY 11368
  https://www.louisarmstronghouse.org/

인생은 재즈와
많이 닮았다

2002년 발매된 뉴올리언즈 출신의 미국 가수 레디시 Ledisi의 곡 「Round midnight」을 처음 들었을 때, 충격을 받았습니다.

특유의 세련된 재즈펑크 스타일 밴드 구성과 파워풀한 보컬을 들으며, 처음에는 '특이한 팝 음악이구나' 생각했어요. 후반부로 갈수록 아니라는 걸 알게 됐어요. 보컬의 스캣과 밴드의 연주가 마치 하나처럼 호흡하며 클라이막스를 향해 갔습니다.

틀이 없는 새로운 음악적 접근을 경험하고는 '이게 진짜 정식 앨범이라고? 친구들과의 장난스런 홈 레코딩이 아니고?'라고 생각할 정도였죠.

그로부터 몇 년이 지나고 나서야 「Round midnight」이 재즈 스탠더드라는 것을 알게 되었습니다. 유명한 재즈 피아니스트이자 작곡가인 델로니어스 몽크가 작곡하고, 처음 녹음한 음악이라는 사실도요.

두 음악을 놓고 비교해 보자면, 원작자인 몽크의 버전과 레디시의 버전은 제목과 멜로디는 같지만, 구성은 아예 다르게 느껴집니다. 재료는 같은데, 전혀 다른 맛을 내는 두 가지 음식처럼요.

몽크의 버전은 피아노, 색소폰, 재즈 드럼, 콘트라베이스로 구성되어 몽크의 강한 피아노 멜로디 어프로치를 다른 악기들이 서포트하는 형태입니다. 반면 레디시 버전은 현대적인 악기들로 구성되는데요. 신디사이저, 일렉트로닉 베이스, 일렉 기타, 그리고 드럼이 한 호흡으로 아주 잘 짜여 있어 펑키한 느낌을 전달하죠.

어느 것이 음악적으로 더 뛰어나다고 콕 집어 말하기는 힘들지만, 바로 이런 지점에서 개인의 취향이 드러나는 게 아닐까 생각해요. 저는 개인적으로 다소 빠른 호흡과 공격적인 느낌의 레디시 버전보다는, 묵직하고 블루지한 여유가 느껴지는 몽크 버전이 더 좋았습니다.

여러가지 버전의 재즈 음악을 비교해 들으며 제가 부드러운 알토 색소폰 소리와 손가락으로 콘트라베이스를 팅기는 핑거 피킹finger picking 소리를 좋아한다는 사실도 깨달았죠. 같은 음악을 수십 가지 버전으로 들어보며, 각 뮤지션들의 다양한 음악적 해석도 엿볼 수 있었어요.

경계가 없는 재즈의 자유로운 즉흥성을 느끼는 동시에, 악기 구성원들이 어느 타이밍에 어떤 음악적 효과와 구성으로 서로 호흡하고 있는지 지켜볼 수도 있습니다.

이런 방법을 적용해 본다면, 누구나 자신도 몰랐던 본인의 재즈 취향을 찾을 수 있을 거예요.

"만약 당신이 재즈가 무엇이냐고 물어야 한다면, 당신은 영원히 재즈를 이해할 수 없을 것이다(If you have to ask what jazz is, you will never know)"라는 루이 암스트롱의 말처럼, 재즈가 무엇이냐고 묻고, 정의하려 한다면 아마 재즈를 이해하기 힘들지도 몰라요.

탄생 배경에 숨겨진 흑인 노예들의 삶, 다양한 재즈 악기들, 100년간의 역사 속에서 발전해 온 재즈의 서브 장르들까지. 이 모든 것이 재즈이기 때문입니다. 쉽게 정의할 수 없다는 것이 바로 재즈의 진짜 매력이라고 생각해요.

"인생은 재즈와 많이 닮았다. 즉흥적으로 할 때가 제일 좋다(Life is a lot like jazz. It's best when you improvise)" 재즈 작곡가 조지 거슈윈은 이렇게 말해요. 언제 어떻게 진행될지 모르는 변화무쌍함 속에서 동료와 호흡을 맞춰가며 자기만의 스토리를 써내려 가는 재즈는 우리의 삶과 많이 닮아 있어요. 모두가 같은 하루를 보내고 있지만, 어떻게 채워가는지는 사람마다 다르잖아요.

한 곡의 즉흥적 연주를 위해 재즈 뮤지션들이 그동안 연마한 자신들만의 음악적 스킬을 적재적소에 녹여내는 것처럼, 평소에 충분히 준비하고 있다가 기회가 왔을 때 마음껏 나의 역량을 즉흥적으로 펼칠 수 있다면, 우리의 삶도 재즈와 같지 않을까요?

가장 원초적인 음악, 자유롭고, 다양하고, 그래서 더 고유한 음악. 재즈에서 아름다운 삶의 가치를 발견할 수 있을지도 몰라요.

경험들 06

재즈의 도시

김소리 지음

초판 1쇄 발행   2024년 5월 27일
초판 2쇄 발행   2025년 4월 4일

발행, 편집 파이퍼 프레스
디자인 위앤드

파이퍼
서울 마포구 신촌로2길 19, 3층
전화 070-7500-6563
이메일 team@piper.so

논픽션 플랫폼 파이퍼
piper.so

ISBN 979-11-985935-2-8 04080